JN088394
聖剣学院の
魔剣使い
Demon's Sword Master
of Excalibur School
13

Demon's
Sword Master
of
Excalibur
School 13
Author Yu Shimizu
Illustration Asagi Tohsaka

聖剣学院の魔剣使い13

志瑞 祐

MF文庫J

Contents

Demon's Sword Master of Excalibur School

口絵・本文イラスト：遠坂あさぎ

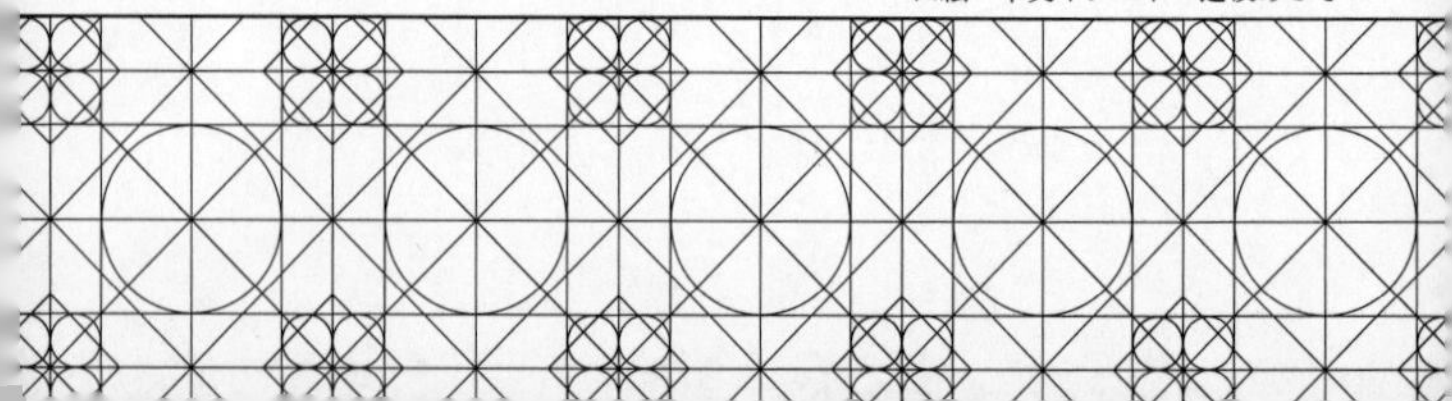

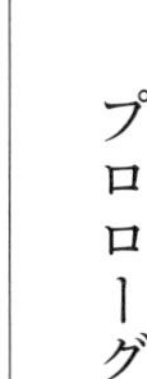

プロローグ

Demon's Sword Master of Excalibur School

……ずっと、ずっと、この時を待っていた。

――一〇〇〇年の時を越えて、わたしの魂を宿した者が目覚める時を。

わたしは、すべての未来、すべての運命、すべての因果律の終焉を見た。

そして知った。すべての可能性が、絶望の極に収束することを。

けれど、たったひとつだけ、その絶望の未来を覆す方法を見出した。

ほんのわずかな、吹けば飛ぶような希望でしかない。

それでも、わたしは賭けてみたかった。

――〈魔王〉。

運命に、因果律に抗うことのできる、その存在に。

わたしの見つけた八人の〈魔王〉こそ、絶望の未来に抗う、叛逆の武器。

そして、〈勇者〉と〈魔王〉の力を、その身に宿した彼こそは――

きっと、この星の滅びの運命を変えてくれるだろう。

わたしの魂を宿した少女よ、いまこそ、あなたに願いを託す。

どうか、わたしの愛し子に、星を救う〈聖剣〉を――

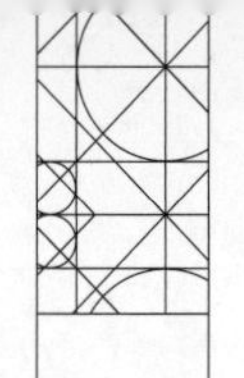

第一章　怪物

──〈第〇四戦術都市(フォース・アサルト・ガーデン)〉上空、高度六〇〇〇メルト付近。

魔王戦艦〈エンディミオン〉の巨大な艦影が、悠然と雲を裂いて飛翔(ひしょう)する。

その針路は、空を奔(はし)る〈ヴォイド〉の裂け目の遥(はる)か彼方(かなた)──

虚無世界の赤い空に浮遊する〈次元城〉だ。

「──ふん、準備運動にもならんな。この程度の弱兵では」

〈エンディミオン〉の飛行甲板の先に立ち、レオニスは不敵に嗤(わら)った。

虚空(こくう)の裂け目から出現した、数千もの〈ヴォイド〉の軍勢は、レオニスとヴェイラ、二人の魔王の放った殲滅(せんめつ)魔術によって、一瞬にして空の藻屑(もくず)となった。

「ほんと、これじゃ、遊び相手にもならないわ」

手摺(てす)りに腰掛けた〈竜王〉が、風にたなびく真紅の髪を退屈そうに弄ぶ。

「まさか、今のが全戦力というわけでもあるまい」

「そうね。そうでなくっちゃ、ぜんっぜん、暴れ足りないもの」

黄金色の瞳を爛々(らんらん)と輝かせ、獰猛(どうもう)な笑みを浮かべるヴェイラ。

レオニスは振り向くと、雲の切れ間に覗(のぞ)く〈第〇四戦術都市〉を見下ろした。

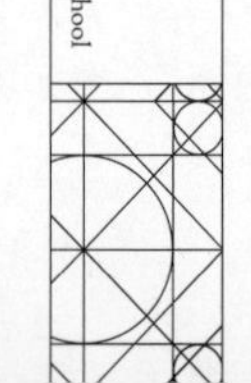

〈エンディミオン〉より遙かに巨大な海上都市は、ゆっくりと航行を続けている。

〈魔力炉〉で生み出されたエネルギーの痕跡が、海に光の尾を曳(ひ)いていた。

――帝国標準時間〇八三〇(マルハチサンマル)。

〈第〇四戦術都市〉奪還の為(ため)に組織された特別部隊は、港湾エリアに上陸をはたした。

特別部隊には、リーセリアたち第十八小隊も参加している。

彼女たちが志願したのは、ディンフロード伯爵に身柄を攫(さら)われたエルフィーネが、〈第〇四戦術都市〉に囚(とら)われているかもしれないという情報を得たからだ。

その情報をもたらしたのは、エルフィーネ自身が〈仮想量子都市(アストラル・ガーデン)〉に遺(のこ)した精霊、〈ケット・シー〉であり、信頼度は高い。

（しかし、都市全体が〈ヴォイド〉の〈巣(ハイヴ)〉に変容しているとはな……）

上空から視認するだけでも、巨大な結晶体がそこかしこに点在している。あの規模の〈巣〉が一斉に孵化(ふか)すれば、〈帝都〉を襲った〈大狂騒(スタンピード)〉以上の災厄になるだろう。

（影武者のシャーリを残してはおいたが……）

レオニスは手にした〈絶死眼の魔杖(まじょう)〉を強く握りしめる。

眷属(けんぞく)の少女のことは心配だが、レオニスが力を貸すことはできない。

――〈第〇四戦術都市〉は、あくまで囮(おとり)に過ぎない。

敵の本隊は、〈第〇四戦術都市〉と次元位相の同期した場所に存在する〈次元城〉。

虚無に蝕まれ、〈ヴォイド〉に変貌した、旧魔王軍の残党だ。

そして、その〈魔王軍〉を率いるのは――

「レオニス・デス・マグナス――復活した、最強の〈不死者の魔王〉」

虚空の裂け目へと視線を戻し、レオニスは皮肉げに呟いた。

裂け目の向こうの世界で、〈ログナス王国〉の遺跡に封印されていた、もう一人の〈不死者の魔王〉。奴は、まず尖兵として〈六英雄〉の〈龍神〉ギスアークを〈帝都〉に送り込み、しかる後に、満を持して、全軍を以て侵攻を開始した。

人類最後の生存圏を滅ぼし、世界を虚無で覆い尽くすために――

(そうはさせるか――)

虚空の裂け目の彼方に見える〈次元城〉を、レオニスは不敵に睨み据える。

(この世界は、俺の領地だ。貴様などには渡さん)

――と。

「愉しそうだな、レオニスよ。久々の大戦に心が躍るか」

そんなレオニスに、背後から声がかかる。

振り向くと、黒狼の背に腰掛けた〈海王〉の姿があった。

たおやかな指先で、ぱたぱた動くブラッカスのしっぽを弄んでいる。

……嫌がっているようだが、漆黒の王子も、〈海王〉に文句は言えないようだ。

「──ふん、まあな。久々に手に入れた戦艦だが、なかなかいいものだ」

「そういえば、汝の〈骸骨船〉は、我が海に沈めてしまったのだったな。あれは、少しすまぬことをした」

「昔のことだ。水に流そう」

寛大さをアピールするように、鷹揚に頷くレオニス。

〈骸骨船〉など、この最新鋭の〈エンディミオン〉に比べれば玩具のようなものだ。

リヴァイズは黒狼の背から降りると、彼方の空に視線を向けた。

「次は本隊が来るようだ。やはり、先ほどのは尖兵であったな」

「ほう──」

空を奔る虚空の裂け目が、更に大きく拡がった。

虚無世界の血のように赤い空から、巨大な〈ヴォイド〉が這い出てくる。

百足のような姿をしたその〈ヴォイド〉の全長は、ほぼこの戦艦と同じだ。

超弩級──災厄級の〈グレーター・ヴォイド〉。

「あれは、少しは手応えがありそうだな」

「レオ、大きいのはあたしの獲物よ」

ヴェイラがタッと降り立ち、レオニスの横に立つ。

甲板に立つ三人の〈魔王〉の上に、雲の上の日差しが降りそそいだ。

◆

〈都市統制塔〉地下六階層――〈コントロール・ルーム〉。
非常灯のわずかな明かりが、あたりの暗闇に魔力の光を投げかける。
「……――先輩、フィーネ先輩っ……！」
必死に声をかけつつ、リーセリアは、エルフィーネの身体を抱き起こした。
しかし、意識を失った彼女はぴくりとも動かない。
「……っ、どうして……」
冷たくなった彼女の頰に手を触れつつ、リーセリアは唇を噛みしめる。
彼女の心臓に埋め込まれた結晶は、砕け散ったはずなのに。
――漆黒の結晶。
以前、あの結晶とまったく同じものを見たことがあった。
ネファケスと名乗る司祭が、リーセリアの心臓にあれを埋め込んだのだ。
（わたしに埋め込まれた結晶は、レオ君が壊してくれたけど……）
やはり、あの漆黒の結晶が、エルフィーネに〈魔剣〉の力を与えたのか。
だとすれば、もう〈魔剣〉による侵蝕の心配は、しなくていいのだろうか。

そして――
〈――大丈夫。彼女はまだ、間に合うよ〉
〈――力を貸してあげよう。あれは、私の一部でもあるのだからね〉
頭の中に聞こえた、謎の少女の声。
あれは一体、誰の声だったのだろう――？
（いえ、考えるのはあとね。今は先輩を――）
かぶりを振って、エルフィーネの胸もとに手をあてる。
彼女の胸は、かすかに上下している。息はあるようだ。
（けど、このまま、目を覚まさなかったら……）
そんな不吉な想像が脳裏をよぎる。
「――先輩」
と、リーセリアの肩に手が触れた。
振り向くと、咲耶が屈み込み、エルフィーネの顔を覗き込んでいた。
「咲耶、傷は大丈夫なの？」
心配顔で訊ねるリーセリア。
先ほどの戦闘で、咲耶はリーセリアを庇い、背中に深手を負ったのだ。
「ああ、大した傷じゃない」

気にしないで、と首を横に振り、咲耶はエルフィーネの顔に視線を落とす。

「昏睡状態か……」

「……ええ」

咲耶は懐から、数枚の紙を取り出した。

「……それは？」

と、眉をひそめるリーセリア。

「〈桜蘭〉の御札だよ。効果があるかは、わからないけど——えいっ！」

咲耶は口の中で、なにやら呪文のようなものを唱えると、エルフィーネの額にぺしっと御札を貼り付けた。

「……おまじない？」

「まあ、そんなものだね。いま貼ったのは、体内の気を循環させる御札だよ」

言いながら、今度は胸のあたりにもぺたっと御札を貼り付ける。

（……そういえば、〈桜蘭〉の民は不思議な術を使うって聞いたことがあるわ）

巫術とか、鬼道術と呼ばれるものらしい。

「これでも、ボクは姫巫女だからね。ちょっとした鬼道術の嗜みはある」

「……」

ふと、リーセリアは御札に触れてみた。

「あ痛（いた）っ！」

指先に痺（しび）れるような痛みを感じて、あわてて指を引っ込める。

「……先輩、どうしたの？」

「う、ううん、なんでもないわ」

リーセリアはあわてて首を振った。

（ほ、本当に効果あるのね……）

御札（おふだ）には、不浄の存在を祓（はら）う効果もあるらしい。

低位の不死者（アンデッド）であれば、いまので灰になっていたかもしれない。

「これでよし、と。気休め以上の効果はあるはずだけど――」

身体（からだ）の気の集まる場所に御札を貼りおえると、咲耶（さくや）は立ち上がった。

「所詮は応急処置だからね。〈ハイペリオン〉の医療部隊のところに連れていって、〈聖剣〉を使ってもらおう」

「……そうね」

頷（うなず）きつつも、不安は拭えない。

従軍している医療部隊は、貴重な治癒の〈聖剣〉を宿したエリート集団だ。

しかし、〈魔剣〉による侵蝕（しんしょく）は、彼らの手にも負えないかもしれない。

「とは言ったものの――」

咲耶は、〈コントロール・ルーム〉の入り口のほうを振り返る。

先ほどの戦闘によって、入り口は大量の瓦礫(がれき)に埋もれ、完全に潰れてしまっていた。

「これじゃ、地上に戻れそうにないな」

瓦礫を排除したとしても、施設の中は〈ヴォイド〉の〈巣(ハイヴ)〉だ。

降りてきた時のようにはいかないだろう。

「……そうね。元のルートは諦めて、別ルートで地上に上がりましょう」

頷くと、リーセリアは立ち上がった。

純白のドレスが光の粒子となって虚空(こくう)に消え、元の学院の制服姿に戻る。

「その前に、ここの復旧をしないと」

第十八小隊の作戦目標は、このエリアの〈都市統制塔(コントロール・タワー)〉の機能回復だ。

各エリアの〈都市統制塔〉を再起動し、海域に展開する〈ハイペリオン〉の管理下に置くことで、〈第〇四戦術都市(フォース・アサルト・ガーデン)〉の防衛機構を復旧することができる。

〈コントロール・ルーム〉は見るも無惨な惨状だが、ここはあくまで管理施設であり、システムの中枢そのものは、更に地下の階層にある。

リーセリアは、作戦前にディーグラッセから貸与された、小型の端末を取り出した。

認証を解除すると、端末の中から、数匹の蟲(バグ)が飛び出した。

リカバリー・プログラムを搭載した、軍用の〈人造精霊(アーティフィシャル・エレメンタル)〉だ。

解き放たれた蟲型(バグ)の〈人造精霊(アーティフィシャル・エレメンタル)〉は、すぐに瓦礫(がれき)の隙間に入り込み、姿を消した。

〈コントロール・ルーム〉の端末から、中枢に潜り込んでくれるはずだ。

「――これでよし、と。あとはレギーナたちに連絡をつけないと」

崩落した天井を見上げ、リーセリアは呟(つぶや)く。

レギーナたちは地上で〈ヴォイド〉と戦闘中のはずだ。

リーセリアと咲耶(さくや)がここに突入する際、地上と地下で挟み撃ちにならないよう、時間稼ぎのために残ってくれたのである。

十五分は持ちこたえてみせますよ、とレギーナは請け合った。

けれど、すでにそれ以上の時間が経過している。

(ゲートを放棄して、撤退してくれていればいいけれど……)

心配ではあるが、レギーナのそばには、レオニスに化けたシャーリがいる。

彼女はとても強いので、ある程度は安心できる。

「やっぱり、通信端末は使えないわね」

イヤリングに触れつつ、リーセリアは首を横に振った。

〈ヴォイド〉の群れの発するＥＭＰのせいで、あらゆる通信装置は使用できない。

「〈桜蘭(おうらん)〉の傭兵(ようへい)部隊なら、熟練の伝書鳩(でんしょばと)を使うんだけどね」

「伝書鳩……あ、そうだ！」

リーセリアはハッとして、手元の端末を操作した。

「……鳩？」

「鳩じゃないけど、猫ちゃんがいるわ」

答えると同時、端末の画面から、一匹の黒猫が実体化して飛び出した。

『ニャー？』

エルフィーネの創造した人造精霊――〈ケット・シー〉だ。

エルフィーネと再会した時のために、端末の中に入れておいたのだ。

「……黒猫モフモフ丸に伝令を頼むのか。大丈夫かな」

「大丈夫よフィーネ先輩の精霊は、すごく優秀なんだから」

事実、この〈ケット・シー〉は、敵だらけのフィレットの〈仮想量子都市(アストラル・ガーデン)〉の中で、エルフィーネの意志を守り、リーセリアたちに発見されるまで隠れ続けていたのだ。

「これを地上にいるレギーナのところへ、お願いね」

リーセリアが合流ポイントをメモした紙を差し出すと、〈ケット・シー〉はそれを口にくわえて、暗闇の中に溶けるように消えていった。

「――わたしたちも、急ぎましょう」

「地上に出るルートは？」

「いま、最短ルートを検出するわ」

リーセリアは端末の画面を切り替え、咲耶(さくや)に見せた。

作戦開始前に各部隊に転送された、〈第〇四戦術都市(フォース・アサルト・ガーデン)〉の詳細な地下マップだ。

地下にはリニア・レールの架線や、物資搬入通路が縦横無尽に走っている。

どのルートにアクセスしても、地上に出ることは可能だろう。

「この先にある、〈リニア・レール〉の架線を使うのが良さそうだね」

「そうね、そのルートにしましょう」

頷(うなず)くと、リーセリアは自身に肉体強化の魔術を施し、意識を失ったエルフィーネの身体(からだ)を軽々と抱きかかえた。

◆

ズオオオオオオオオンッ！

〈都市統制塔(コントロール・タワー)〉のゲート前に、巨大な火柱が上がった。

波濤(はとう)のごとく押し寄せる蟲型〈ヴォイド〉の群れが、宙を舞って爆砕する。

「……ふう、キリがありませんねー」

〈自走式砲台(ブラスター・ヴィークル)〉の装甲板の上で、〈猛竜砲火(ドラグ・ハウル)〉を構えたレギーナが呟(つぶや)いた。

ゲートの前で足止めを続けて、すでに二十分以上。

消耗の激しい〈聖剣〉を使い続けて、さすがに疲労の限界だ。

「セリアお嬢様、咲耶……」

〈猛竜砲火〉を肩に構えつつ、ちらと背後に視線をやる。

エリアの防衛機構が復旧する様子はいまだない。

〈都市統制塔〉の中でも、〈ヴォイド〉との戦闘が発生しているのだろうか。

だとすれば、まだ、この防衛ラインを放棄するわけにはいかない。

「……っ、まだまだ、力尽きるまでぶっ放しますよ！」

ズオンッ、ズオンッ、ズオオオオオオオオオオンッ！

ゲートを越えてくる〈ヴォイド〉の群れめがけ、立て続けに砲撃を加える。

爆風が爆ぜ、ツーテールの髪が激しくたなびく。

「ここは絶対に守り抜いて――って」

と、ふと気付いて――

レギーナは〈自走式砲台〉の砲塔に手をかけ、反対側を覗き込んだ。

「少年、なにしてるんですか！」

左舷の装甲板の上で、レオニスは寝転がってくつろいでいた。

しかも、爆音が聞こえないようにするためか、ヘッドホンまで装着している。

レギーナは砲塔を乗り越えると、レオニスのヘッドホンをサッと外した。

「あ、なにをするんですか！」

不機嫌そうな声で、抗議するレオニス。

「なにをするんですか、じゃありませんっ、寝てる場合ですか！」

「……はあ、うるさいですね」

レオニスは不機嫌そうに目をこすり、レギーナを上目遣いに睨んだ。

「なっ、と、とうとう少年に反抗期が⁉」

少年が不良に、不良になっちゃいます、と興奮気味に呟くレギーナ。

「なんでちょっと嬉しそうなんですか……」

呆れたように呟くと、レオニスは面倒くさそうに起き上がる。

「先ほどの戦いで、疲れているんです。体力を回復しなければなりません」

「……む、そ、それはたしかに」

レオニスは先ほど、上空に出現した幽霊船の〈ヴォイド〉を一人で撃墜したのだ。

〈聖剣〉の使用による疲労で、眠たくなってもしかたないかもしれない。

（まあ、よく考えたら、少年ってまだ十歳ですしね……）

寝る子は育つ、とは言うけれど。

——とはいえ、この状況で寝てもらっては困るのだ。

「あとで膝枕してあげますから、今は起きててください」

「膝枕はいいです」

そっけなく答えて、レオニスは肩をすくめた。

「かわりに、レギーナさんのおやつをお願いします」

「それなら、お安いご用です」

レギーナは頷いて、

「この戦いが終わったら、少年の好きな鈴カステラ、たくさん作ってあげますね」

「フラグを立てるのはやめてください。あと鈴カステラよりドーナツがいいです」

「少年、なんだか、ちょっとわがままですね。それに、喋り方も少し――」

「そ、そんなことは、ないと思いますよ」

ギクッとしたレオニスが、視線を逸らした、その時。

『――このエリアの防衛機構の復旧を確認しました』

装甲板の外部マイクから、音声が聞こえてきた。

この〈自走式砲台〉と接続しているシュベルトライテだ。

「え、本当ですか？　それじゃあ、お嬢様たちがやってくれたんですね！」

快哉の声を上げるレギーナ。

同時、前方のゲートが閉鎖され、エリア内の防衛施設から、対空防衛用のＡＡＭＧ、対大型虚獣用のロケット・ランチャーが次々と出現する。

「ライテちゃん、セリアお嬢様からなにか通信は？」

『〈ヴォイド〉のＥＭＰにより、通信不能』

「そうですか。なんにせよ、お嬢様たちが戻るまで、ここを死守ですね」

と——

『ニャー』

不意にレギーナのそばで、そんな場違いな鳴き声が聞こえた。

「……え？」

眉をひそめつつ視線を落とすと、足もとに一匹の猫がたたずんでいた。

光の粒子を帯びた黒猫だ。

精霊使いの素質を持つレギーナには、すぐにわかった。

「ひょっとして、フィーネ先輩の〈ケット・シー〉ちゃんです？」

〈ケット・シー〉は、たしかリーセリアが端末の中に宿らせていたはずだ。

（とすると、これはセリアお嬢様が……？）

見れば、黒猫の精霊は、口に小さなメモを咥えていた。

「なんですか？」

「セリアお嬢様のメッセージですね」

レギーナがメモを開くと、レオニスも横から覗き込んでくる。

メモには、地上に戻るルートが途絶したため、別ルートで合流するとあった。

合流ポイントの座標は、〈セントラル・ガーデン〉にある、〈リニア・レール〉の大型ステーションだ。緊急時には防衛要塞として使われる施設である。

「――お嬢様、ご無事なようでよかったです」

レギーナはほっと胸を撫(な)で下ろし、ご苦労様と黒猫の頭を撫でた。

「そうと決まれば、とっとと撤退しましょう」

『了解。マスターのところへ向かいます』

シュベルトライテが応答し、〈自走式砲台(ブラスター・ヴィークル)〉を急旋回させた。

◆

〈第〇四戦術都市(フォース・アサルト・ガーデン)〉中央エリア――地下八階層。

地上から最下層までを貫く、巨大なポール・シャフトの中心で――

巨大海上都市(メガ・フロート)の駆動エネルギーを賄う〈魔力炉〉が、激しい光を放出している。

〈魔力炉〉の核は、太古に滅びた神々の力の結晶体だ。その核から魔導エネルギーを抽出するための超技術(オーバーテクノロジー)は、〈女神〉が人類に与えた知識の産物だった。

「――やはり、すべて計画通り、とはいかぬものだな」

莫大(ばくだい)なエネルギーを放出する〈魔力炉〉の炉心を見下ろして――

その男は失望の吐息を漏らした。

ディンフロード・フィレット伯爵。

〈第〇四戦術都市(フォース・アサルト・ガーデン)〉総督にして、フィレット財団の総帥。

そして、今は〈女神〉の〈使徒〉となった。

〈第〇四戦術都市〉が、〈ヴォイド〉の〈巣(ハイヴ)〉へと変貌したのは、彼の計画だ。

〈魔剣計画(D.project)〉の最終段階――この計画のために、彼は幾年もの歳月を費やしてきた。

本来の予定であれば、この魔都は十八時間後に帝都〈キャメロット〉に到達し、最大規模の〈大狂騒(スタンピード)〉を引き起こすはずだった。

帝都の抱える〈聖剣〉を虚無に喰(く)わせ、大量の〈魔剣〉を精製。その〈魔剣〉を贄(にえ)に、虚無世界に封印された〈女神〉を招来する――それが、〈魔剣計画(D.project)〉の真の目的だ。

だが、〈帝都〉は彼の計算外の行動に出た。

〈第〇四戦術都市〉に対して艦隊を差し向け、討って出て来たのだ。

「賢人会議は紛糾し、〈帝都〉で迎え討つと読んでいたが、な」

皇帝アルゼウスという人物を、読み間違えたか。

あるいは、なにか、予想外のことが起きたのか。

――彼は知る由(よし)もない。

〈帝都〉の賢人会議に〈魔王〉が介入したなどとは。

〈ハイペリオン〉を旗艦とする艦隊は、強襲上陸作戦を敢行。

各エリアの〈都市統制塔(コントロール・タワー)〉と、〈魔力炉〉の制圧を目論(もくろ)んでいる。

「……まあ、よい。それも想定外だったわけではない」

差し向けられた部隊の〈聖剣〉を、贄として炉に焼(く)べるだけのこと。

「我が悲願の邪魔はさせぬよ」

ディンフロードは、左手の指輪にそっと手を触れた。

「――フィリア。もうすぐお前のもとへゆける」

そう、この日を、ずっと待ち焦がれて来たのだ。

彼の妻、フィリア・フィレットは、優秀な研究者であり、〈女神〉の声を聞くことのできる感応者だった。

〈女神〉の声によって超技術(オーバーテクノロジー)の知識を得た彼女は、とりわけ、〈人造精霊(アーティフィシャル・エレメンタル)〉の創造に関する技術革新の数々を人類にもたらした。

伯爵は彼女を愛し、彼女もまた、彼を愛した。

フィリア・フィレットは、彼の人生そのものだった。

――だが、あの日。

〈帝都〉の調査団が、遺跡で〈女神〉の欠片(かけら)を発掘した時、すべては変わってしまった。

〈女神〉の欠片(かけら)——〈虚無の根源(トラペゾヘドロン)〉に触れたフィリアは、その研究に夢中になった。

彼女は〈女神〉の知識だけでなく、〈女神〉の魂そのものを招来しようとしたのだ。

あるいはそれは、人類を救うための愛の自己犠牲であったのかもしれない。

しかし、彼女の肉体に〈虚無の根源〉を移植する実験は失敗。

フィリア・フィレットは虚無に呑(の)まれ、〈ヴォイド〉に変貌した。

「……」

——伯爵の手が指輪から離れ、彼は束(つか)の間(ま)の追憶から醒(さ)める。

すべては、大いなる虚無に還(かえ)った彼女に再び出会うため。

その為(ため)に、彼は同胞を裏切り、人類の背約者となった。

「ここにおられましたか、ディンフロード伯爵」

——と、不意に。誰もいないはずの空間に声が響いた。

闇の中から染み出るように現れたのは、〈人類教会〉の青年司祭だった。

ネファケス・レイザード。

虚無の〈女神〉を信奉する、〈使徒(アポストル)〉の伝令。

虚無世界とこちらの世界を、自在に行き来することができる、特異な能力者。

「——ご自身で、迎え討たれるのですね」

「ああ」

と、ディンフロードは頷いて、

「〈魔剣〉の器は満ちたか？」

訊ねると、ネファケスは少し困ったような表情を浮かべ、肩をすくめた。

「それが、〈魔剣の女王〉が、ロストしてしまいまして」

「……どういうことだ？」

ディンフロードの眼が鋭く光った。

「〈聖剣〉使いの部隊に敗れたのかもしれません」

「〈魔剣計画〉の最高傑作であるあれが敗れる？　考えられん」

「そうですね。ですが、まだ完全体ではなかったのでは？」

「……」

たしかに、エルフィーネ・フィレットは未だ完全な状態ではなかった。

〈魔剣の女王〉が完成するには、数多の〈魔剣〉を必要とする。

本来、その〈魔剣〉は〈帝都〉で調達する予定だった。

「また、計画外の事象が発生したか――」

「ご心配なく。私が回収に向かいましょう」

お任せください、とネファケスは頭を垂れた。

「――ここに来る〈聖剣士〉の部隊は、あなたにお任せしても？」

「ああ、この〈魔力炉〉には、何者も触れさせぬ」

頷くと、ディンフロードは懐から漆黒の欠片を取り出した。

そして、一切躊躇うことなく、その尖端を自身の胸に埋め込む。

「……ぐ、お……おおおおお、お……」

結晶の中心核から、虚無の瘴気が溢れ――

ピシリ、と彼の肉体に亀裂が生まれた。

(――この厭わしき人の身など、喜んで捨て、私は虚無の怪物となろう)

もう一度、彼女に会えるのならば――

第二章　魔王戦線

Demon's Sword Master of Excalibur School

虚空（こくう）の裂け目から、超弩級（ちょうどきゅう）の〈グレーター・ヴォイド〉が続々と出現する。

その全長は約二百メルト。レオニスの魔王戦艦にも比するスケールだ。

「――ほう、なかなか壮観ではないか」

甲板の前に立ち、レオニスは愉快そうに嗤（わら）った。

学院の記録によれば、あのサイズの〈ヴォイド〉が観測されたことはないはずだ。

おそらく、いま〈第〇四戦術都市（フォース・アサルト・ガーデン）〉の上空にあるような巨大な裂け目が生じなければ、超弩級の〈ヴォイド〉は、こちらの世界に侵入することはできないのだろう。

〈エンディミオン〉の前方に展開する〈ヴォイド〉の大軍勢。

六体の〈グレーター・ヴォイド〉を中心に、無数の〈ヴォイド〉が空を埋め尽くす。

まるで戦闘陣形を組んだ大艦隊のようだ。

〈化け物が陣形を組むとは思えんが、いや……〉

レオニスは裂け目の奥に見える、〈次元城〉を睨（にら）み据えた。

――〈不死者の魔王〉。

〈……奴（俺）ならば、あるいは〈ヴォイド〉の軍勢を統制することも可能かもしれんな〉

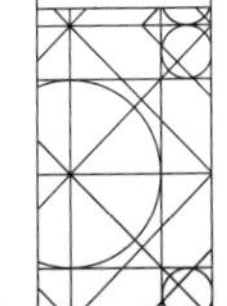

胸中でそんな自画自賛めいた呟（つぶや）きをしつつ、レオニスは魔杖（まじょう）を振り上げた。

「──〈飛骨魔竜（スカル・ワイヴァーン）〉部隊、発艦せよ！」

魔王戦艦〈エンディミオン〉の飛行甲板上に、魔力光のラインが現れた。

けたたましいサイレンの音と共に、そのライン上を巨大な影が滑走する。

最新式の魔導カタパルト。〈エンディミオン〉に実装されている、戦術航空兵器を音速で射出するための装置である。

だが、この魔王戦艦のカタパルトから射出されるのは、戦術航空機ではない。

レオニスの生み出した、大型サイズの〈飛骨魔竜〉だ。

全長十メルトほどの骨の翼竜が、次々と発艦して空を舞う。

「くく、新たに創設した〈魔王軍〉の〈不死騎空軍（アンデッド・エアフォース）〉だ」

編隊を組む翼竜の群れを眺め、レオニスは満足そうに頷（うなず）く。

と──

「あたしも出るわっ！」

「──なに!?」

レオニスがあわてて振り向くと、

魔導カタパルトの発射台の上で、腕組みしたヴェイラが不敵に微笑（ほほえ）んだ。

「お、おいやめろ──」

レオニスが止める間もあらばこそ、
ダンッ――！

魔導カタパルトを踏み抜いて、ヴェイラが甲板の上を疾走する。

たなびく紅蓮(ぐれん)の髪。勢いのままに跳躍し、眼下(がんか)の雲海めがけてダイブした。

その一瞬後。

雲を吹き散らし、真紅の赤竜が姿を現した。

グオオオオオオオオオッ――！

〈竜王〉の咆哮(ほうこう)がビリビリと大気を震わせる。

『――左舷カタパルト大破！』

骸骨兵のオペレーターが報告する。

レオニスが引き攣(つ)った顔で振り向くと、発射台は無惨に壊れていた。

「ぬおお、俺の魔導カタパルトがあああっ……！」

ショックを受けたレオニスが頭を抱えていると、

「……まったく、なにをしているのだ」

背後で、リヴァイズが呆(あき)れたように呟いた。

彼女はブラッカスの背中に腰掛け、優雅にお茶を飲んでいる。

……すっかり、気に入られてしまったようだ。

「汝は控えておれ。空の戦は〈竜王〉に任せたほうがよかろう」

「……ふん、まあな」

レオニスは肩をすくめ、影の中から豪奢な椅子を出して腰掛けた。

戦場に視線を向けると、真紅の赤竜が炎の吐息で〈ヴォイド〉の軍勢を燃やしている。

レオニスの〈不死騎空軍〉が活躍する機会はなさそうだ。

前哨戦は〈竜王〉に譲り、いまのうちに、腹ごしらえをすることにした。

不死者の肉体でなくなった今、腹が減っては戦もままならぬ。

(……まったく、不便な肉体だ)

足もとの影から、ランチボックスを召喚する。

ランチボックスの中身は、レギーナの作ってくれたお手製のサンドイッチだ。

全粒粉のパンに、具はスクランブルエッグとハム、新鮮なレタスが挟まれている。

コーヒーボトルの中身はまだ温かく、ほのかに湯気が立つ。

「香しい匂いがするな」

リヴァイズがじーっとサンドイッチを見つめてくる。

「それは、エビ娘の作ったものか?」

「なんだ、欲しいのか?」

無表情にこくっと頷くリヴァイズ。

「まあ、ひとつならよかろう」

「礼を言うぞ」

サンドイッチを手渡すと、〈海王〉はパンの端を両手で持ち、上品に食べはじめた。

もきゅもきゅと、無表情にパンを頬張る〈海王〉。

わずか数千メルト先で、派手な空中戦が展開されているのとは対照的だ。

「――ときに、レオニスよ」

と、マヨネーズの付いた指先を舐めつつ、リヴァイズは口を開く。

「なんだ？」

「〈不死者の魔王〉は、汝よりも強いのか？」

「……む」

レオニスはほんのわずか、口を噤んで。

咀嚼したサンドイッチを、コーヒーで喉の奥に流し込んだ。

「……そうだな。今のこの姿の俺よりも、ということであれば、そうだ」

認めて、素直に頷く。

「いまの俺の魔力は、多く見積もったところで、全盛期の三分の一程度だろう。対して、奴の魔力はおそらく、一〇〇〇年前の〈不死者の魔王〉と同等だ」

「ふむ――」

「魔力だけの問題ではない。十歳のこの肉体は、高位の魔術を唱えたときの負荷に耐えられん。第十階梯の魔術まではまあ、問題なく使えるが、それ以上の高位魔術を唱えるとなると、肉体が崩壊しかねないからな」

レオニスは、自身の未熟な手を厭わしげに眺めつつ、

「無論、身体能力も並以下だ。ブラッカスを鎧として纏えば、それなりに戦えるが、不死者の肉体と同じようにはゆかぬ」

ぎゅっと空を握りしめる。

「それに、最高位の魔力増幅器たる、〈封罪の魔杖〉も奴に奪われた」

似た機能を持つ〈絶死眼の魔杖〉はあるが、その力は遠く及ばない。

おまけに〈獣王〉ガゾスに柄を折られ、テープで補修している有様だ。

「まあ、〈封罪の魔杖〉に封印された〈魔剣〉は、俺達〈魔王〉に対しては抜くことができない。そこは安心できるところだがな」

「〈叛逆の女神〉の誓約に救われたな」

リヴァイズは嘆息して、

「では、汝が〈不死者の魔王〉に対して有利なところはないのか？」

「ないこともないが――」

答えつつ、レオニスは渋面をつくる。

「〈影の王国〉とその宝物庫の財宝は、俺だけの所有物だ。〈魔王〉に対しては切り札となり得る、神々の生み出した〈魔王殺しの武器〉も幾つか所蔵している」

「――なるほど」

「もうひとつ、奴は〈ログナス王国〉の遺跡で、肉体を激しく損壊している」

復活した〈不死者の魔王〉を退けたのは、シュベルトライテの自爆攻撃だ。

〈機神〉の力のすべてをその身に受け、なお滅びなかったのは驚嘆するしかないが、如何に〈不死者の魔王〉といえど、あれほどの手傷、完全には回復していないはずだ。

（まあ、それも希望的観測かもしれんがな……）

と、胸中で呟く。

「しかし、勝算は無論ある。なにしろ、こちらは〈魔王〉が三人だ」

「そうは言うが、〈リヴァイアサン〉を失った我もまた、本来の〈海王〉の力には遠く及ばぬぞ。〈竜王〉も、その身を虚無に喰われた際に、力を半分失っておるのだろう」

「ああ、わかっている。そう容易い戦にはならんだろうな」

やはり、〈獣王〉も連れてくるべきだっただろうか――？

しかし、防衛を疎かにして、〈帝都〉が陥落してしまえば、元も子もあるまい。

レオニスは椅子から立ち上がり、そっと自身の左腕に手を添えた。

（あるいは、俺に目覚めた〈聖剣〉が使えれば、な――）

視線を上げた先――

空の戦場では、〈竜王〉が〈ヴォイド〉の群れを蹴散らしていた。

◆

「――この先に、〈リニア・レール〉の地下ステーションがあるはずよ」

非常灯の灯る通路の先を見据え、リーセリアは後ろを走る咲耶に声をかける。

迷路のように枝分かれした物資搬入通路を抜け、地上へと続く階段を駆け上がった。

両腕に抱えたエルフィーネは、まだ眼を覚ます様子はない。

階段を上がりきって、勢いのまま、金属製の非常扉を蹴破ると――

現れたのは、巨大な円筒状の空間だった。

ぽっかりと空いた奈落の孔に、幾本もの連絡橋が蜘蛛の巣のように架かっている。

地下の階層を貫く巨大なポール・シャフトだ。円筒の壁を這う無数の配管は、最下層の魔力供給施設に接続され、エリア全体にエネルギーを供給する。

「下が見えないね」

連絡橋の手すりから身を乗り出して、咲耶は呟く。

「ポール・シャフトは最下層まで貫いているはずよ」

「落ちたらぞっとしないな。急ごう、先輩」

「ええ――」

カンカンカンッ、と二人が靴音を立てて駆け出した、その時だ。

不意に、足もとに眩い光が生まれた。

「……っ!?」

リーセリアは眼を見開く。

出現したのは、輝く無数の魔術方陣。

(なっ――!)

ズオオオオオオオオオンッ!

刹那、眩い炸裂光が視界を覆った。

轟音が爆ぜ、二人の立つ連絡橋が一気に崩落する。

咄嗟に、リーセリアは全身の魔力を放出し、一気に跳躍。

エルフィーネの身体を抱えたまま、連絡橋の向こう側のエリアに着地する。

ポール・シャフトのメンテナンス作業を行う、フロート型の広場だ。

「――咲耶っ!」

背後を振り向き、叫んだ。

……だが、咲耶の返事はない。

「咲耶(さくや)――!」

立ちこめる砂煙が視界を奪う。

吸血鬼の眼(め)は闇夜でも効くが、砂煙の向こうまでは見通せない。

ポール・シャフトは、数十メルトほどの深さがある。

(咲耶の〈聖剣〉の権能なら、無事なはず、だけど……)

咳(せ)き込みながら、ひとまずエルフィーネをその場に横たえる。

すぐにでも助けに行きたいところだが、それはできない。

(あれは、レオ君が使うのと同じ魔術だった――)

第三階梯(かいてい)魔術――〈爆裂咒弾(ファルガ)〉。

飛行の魔術で降下すれば、いい標的になるだろう。

それに、エルフィーネをここに残していくわけにはいかない。

リーセリアは立ち上がり、周囲を警戒する。

と――

「ああ、あなたでしたか、吸血鬼女(ドラキュリア)」

「……っ!?」

薄暗闇の向こう。

〈人類教会〉の司祭の聖服を纏(まと)った男が姿を現した。

「……っ、あなたは――」

リーセリアは、鋭い眼差しを向ける。

ネファケス・レイザード――〈虚無卿〉を名乗る司祭。

「てっきり、あの遺跡で死んだと思いましたが、まったく、しぶといものですね」

と、ネファケスは、背後に横たわるエルフィーネに視線を移し、

「――さて、〈魔剣の女王〉を返してもらいましょうか」

伸ばした手の先に、無数の魔術方陣が出現した。

◆

「……く、う……！」

鈍い音と共に、咲耶の小柄な身体は、地面に激しく叩きつけられた。

全身の骨がバラバラになるような衝撃に、思わず、苦痛の呻きが漏れる。

数十メルトは落下しただろうか。

〈雷切丸〉の刃をポール・シャフトに突き立て、落下速度を減衰していなければ、間違いなく墜落死していただろう。

（ボクとしたことが、油断したな……）

痛みに顔をしかめつつ、半身を起こしてあたりを見回す。

〈雷切丸〉の刃に宿った青白い雷光が、暗闇をほのかに照らしだした。

周囲の壁には、巨大な配管が縦横無尽に走っている。

（……〈魔力炉〉の供給ライン、か）

〈魔力炉〉で生み出された莫大な魔導エネルギーを、〈第〇四戦術都市〉の各エリアに供給するためのパイプラインだ。

（……ということは、最下層まで落ちて来たんだな）

配管の一部には、咲耶と一緒に落下してきた連絡橋の残骸が突き刺さっているが、配管から魔力光が漏れている様子はない。

すでにこのエリアへの魔力の供給がストップしているのだろう。

……なんにせよ、あまり長居したくない場所ではあった。

（……っ、リーセリア先輩のところへ、戻らないと……）

歯を食いしばって、なんとか立ち上がる。

頭上を見上げ、暗闇に目をこらした。

〈雷切丸〉の権能を使い、ポール・シャフトの壁を数十メルトも垂直に上るのは、不可能ではないが、さすがに体力を消耗しそうだ。

「くっ……」

背中の傷が鈍く疼く。
落下した際の負傷ではない。エルフィーネの〈魔閃雷光〉によるものだ。
（手首にもひびが入ってるな。利き腕じゃないのが幸いだけど――）
脚を引きずって、歩き出そうとした、その時。
暗闇の奥に、なにか蠢くものの気配があった。
咄嗟に、片手で〈雷切丸〉を構える。
おぞましいその気配は、闇の向こうから、這い寄るように近付いてくる。
「……っ!?」
それは、異形たちの群れだった。
哄笑するように震える肉塊。全身のいたるところに生えた腕。異様に膨れ上がった腹。
青く輝く皮膚の下で、無数の眼球がぎょろりと蠢く。
蛇のような鱗、蟲のような甲殻、蝙蝠のような翼、濡れ光る無数の触手――
生命を冒涜するような、魑魅魍魎どもの百鬼夜行。
（……っ、〈魔剣使い〉！）
咲耶は喉の奥で唸った。
否、それは彼女の知る〈魔剣使い〉とは違う。
闇より現れ出でた異形の群れは、もはや人の原型さえとどめていない。

〈ヴォイド〉へと変貌した、魔剣使いの成れの果てだ。

だが、虚無の怪物に身を堕としてなお、彼らの〈魔剣〉はその名残を残している。

虚無に堕ちた〈魔剣使い〉は、通常の〈ヴォイド〉より危険な存在だ。

強力な〈魔剣〉の能力に加え、〈聖剣士〉であった頃の戦闘技能を覚えている。

(フィレットの〈魔剣計画〉による実験体か——)

おそらく、この〈第〇四戦術都市〉が虚無に呑まれたのと時を同じくして、研究施設から解き放たれたのだろう。

あるいは、たんに〈魔剣〉の力を暴走させ、脱走したのかもしれないが。

〈第〇七戦術都市〉の研究施設で斬り捨てた〈魔剣使い〉は全員、〈剣鬼衆〉の頭目、宇斬の人造人間だった。

(——それじゃあ、これも同じなのか?)

だとすれば、厄介な相手だ。
■■■■■■■ッッッ——!
蠢く闇が、咆哮した。

〈聖剣〉の輝きに惹かれるように、一気に殺到してくる。

その姿は闇に溶けて判然としないが、少なくとも、数十体はいるだろう。

泥のような虚無の波濤が、うねりながら押し寄せてくる。

「――ボクを、素直に捕食される贄（にえ）とでも思っているのかな」

〈雷切丸（らいきりまる）〉の刃（やいば）を返しつつ、微（かす）かに苦笑する。

正直、満身創痍（まんしんそうい）の状態だ。

落下の衝撃であちこちの骨にひびが入っているし、エルフィーネとの戦いで負った背中の傷はもっと深刻だ。

――左眼（め）がズキリと疼（うず）く。

〈時の魔神〉の魔眼は、しばらく使えそうにない。

無理をすれば、あと数回は使えるかもしれないが、脳が焼き切れるリスクは覚悟しなくてはならないだろう。

「――上等だ。ちょうどいいハンデだよ」

凄絶に微笑（ほほえ）んで、咲耶（さくや）は地を蹴った。

◆

「聖剣〈誓約の魔血剣（ブラッディ・ソード）〉――アクティベート！」

眩（まばゆ）い光が爆（は）ぜ、リーセリアの手に〈聖剣〉が顕現した。

ふっと呼気を放ち、刃を一閃（いっせん）。

虚空に生まれた血の刃が、放たれた閃光を斬り飛ばす。

「いい反応です。腕を上げましたね」

白髪の青年司祭が喝采する。

「……っ！」

〈聖剣〉を片手で構え、リーセリアは眼前の司祭を睨み据える。

「あなたが、フィーネ先輩にこんなことを？」

静かな怒りをこめて訊く。

――〈魔剣の女王〉を返して貰う、とそう彼は口にした。

それに、この男は以前、リーセリアにあの漆黒の結晶を埋め込んでいる。

「それを〈魔剣〉の器としたのは、彼女の父親ですよ」

ネファケスは嘲笑うように、首を横に振った。

「――いえ、父親ではなく、それの創造者ですね」

「……創造者？」

「ああ、ご存じないのですね」

ネファケスはくすりと嗜虐的に嗤った。

「ディンフロード伯爵のご令嬢は、彼によって生み出された人造人間なのですよ」

「え――？」

リーセリアは思わず眼を見開く。

振り向いて、横たわるエルフィーネを見た。

「……フィーネ先輩が、人造人間？」

「驚きましたか？　そこのそれは、〈魔剣計画〉の一部。数多の〈魔剣〉をその身に宿し、蒐集する器としての生を運命付けられた魔導具なのです」

「先輩が、〈魔剣計画〉の……？　う、嘘よ、そんなの――！」

リーセリアは鋭く言い返した。

エルフィーネはずっと、〈魔剣計画〉の闇を暴くために戦っていたのだ。

彼女自身が、〈魔剣計画〉の一部だなんて、そんなこと――

ネファケスは愉快そうに続けてくる。

「それは強力な〈聖剣〉を宿し、〈魔剣〉の器たる資格を手に入れた。いやはや、たいしたものですよ。通常の人造人間であれば、たったひとつの〈魔剣〉の侵蝕にも耐えられず、すぐに〈ヴォイド〉化してしまいますからね」

「……っ！」

――思い出したことがあった。

リーセリアと咲耶が、〈コントロール・ルーム〉で〈魔剣使い〉と戦った時。

彼女の〈天眼の宝珠〉が〈魔剣〉を喰ったのを、目の前で見たのだ。

「おや、ショックでしたか。くく、そうでしょうね。信頼する仲間だと思っていた者が、〈聖剣〉を虚無に堕(お)とす〈魔剣計画(D.project)〉の一部だったのですから」

　地下空間に司祭の哄笑(こうしょう)が響き渡る。

「……っ、ネファケス！」

「さて、お喋(しゃべ)りはもういいでしょう。それを返していただきますよ」

　ネファケスの頭上に、再び魔術方陣が出現した。

「第三階梯(かいてい)聖魔術——〈聖閃光(セレスティア)〉」

　パチリと指を鳴らすと、リーセリアめがけ、光の矢が一斉に射出された。

〈不死者(アンデッド)〉に対しては致命的な効果を与える、神聖魔術だ。

　眩(まばゆ)い聖光が闇を塗り潰し、リーセリアを呑(の)み込んだ。

「……くっ、あ、ああ、ああああっ……——！」

　肌を焼く灼熱(しゃくねつ)の聖光。

　激痛に、苦悶(くもん)の叫びがほとばしる。

「ああ、素晴らしい歌声ですよ、吸血鬼女(ドラキュリア)——」

　両手を広げ、愉悦に表情を歪(ゆが)めるネファケス。

「——い……わ——」

「ん？」

と、聞こえて来た声に、司祭は眉をひそめる。

「〈魔剣〉とか……人造人間とか、フィレットとか……そんなの、関係ないっ！」

「なに――」

「フィーネ先輩はっ、あなたたちの道具なんかじゃないっ！」

リーセリアの身体を魔力が覆い、純白のドレスを顕現させる。

ほとばしる血の刃が、聖光を吹き散らすように掻き消した。

「わたしたちの先輩を、あなたたちなんかには、絶対に渡さないっ！」

地面を蹴り、闇の中を駆け抜ける。

「はあああああああああっ！」

怒りの激情を〈聖剣〉の刃に乗せ、斬撃を繰り出した。

人間の姿をしたものを斬ることに、躊躇いはあった。

それでも、大切な先輩を利用しようとする、この男だけは許せない。

真紅の紅刃が、ネファケスの手首を斬り飛ばした。

「……!?」

しかし、手応えはない。

まるで、虚空を斬ったかのようだ。

切断した手首から噴き上がるのは、血飛沫ではなく虚無の瘴気。

「私を人間だとでも思いましたか？」

ネファケスの腕が即座に再生する。

「第三階梯魔術(かいていまじゅつ)──〈氷斬舞(シャリア・ギラ)〉」

無数の氷刃を孕(はら)んだ暴風が、リーセリアの周囲で荒れ狂う。

激しく引き裂かれる白い肌。

「くっ──う……！」

「残念です。あなたが生者であれば、我が〈魔王〉の新たな眷属(けんぞく)として隷属させることもできましょうが、すでに何者かの眷属であるのなら、滅ぼすしかない」

「……っ、勝手なことを！」

叫び、リーセリアは踏み込んだ。

吹き荒れる氷刃を強行突破し、そして、地面に沈むように姿を消す。

「──なんだと⁉」

眼(め)を見開く司祭。

──と、刹那(せつな)。

「ここよ──」

ネファケスの背後の影から、リーセリアが姿を現す。

──〈影渡り(シャドウ・ステップ)〉。

師匠のシャーリに教わった技だ。
学院の訓練試合では決して使えない、暗殺技。
同じ相手には二度は通用しない。
たった一度、不意を打つための切り札――
「はあああああっ！」
驚愕する司祭の心臓に、容赦なく〈聖剣〉の刃を突き込んだ。
そして――
「魔刃よ、乱れ舞え――〈血刃乱舞〉！」
魔力を帯びた血の刃が爆ぜた。
「ぐ、お、お、おおおおおおおおおおっ――――！」
響き渡る、ネファケスの絶叫。
暴れ狂う血の刃が、司祭の全身をバラバラに斬り刻む。
――だが。
（……なに？）
ふと、なにか違和感のようなものが脳裏をよぎる。
ピシリ――と、軋むような音がした。
それは、〈聖剣士〉にとっては耳慣れた、最も忌まわしい音。

ピシッ、ピシピシ――ピシッ――

虚無の裂け目の生まれる音だ。

「なっ――！」

直感で、リーセリアは跳んだ。

その判断が、結果的に彼女を救った。

虚無の裂け目は、ネファケスの心臓を起点に爆発的に拡がって――

リイイイイイイイインッ！

割れ砕けた空間から、巨大な異形の影が現れた。

「……〈ヴォイド〉⁉」

「――これが、私の本当の姿です」

おぞましい化け物の声が、闇の中に響き渡った。

◆

――帝国標準時間一〇三〇。

〈第〇四戦術都市〉――〈セントラル・ガーデン〉。

「我が敵を討ち滅ぼせ――〈神滅の灼光〉！」

凄烈な輝きを放つ光刃が、〈ヴォイド〉の群れをまとめて薙(な)ぎ払った。

連なるビルの谷間に構築された、最大規模の〈巣(ハイヴ)〉を前にして、帝国第三王女、シャトレス・レイ・オルティリーゼは果敢に〈聖剣〉を振るう。

「――シャトレス殿下、第Ⅶエリアの〈都市統制塔(コントロール・タワー)〉の解放を確認しました」

シャトレスの部下が報告を上げてくる。

「第Ⅶエリア――〈聖剣学院〉の第十八小隊か」

「は――」

「そうか」

シャトレスは思わず、部下の前では滅多(めった)に見せない微笑を浮かべた。

〈聖剣学院〉の第十八小隊は、彼女の妹の所属する部隊である。

「ここで他の部隊の合流を待ちますか」

「いや、時は一刻を争う」

シャトレスは即座に首を横に振る。

「〈巣〉の掃討は完了した。すぐに〈魔力炉〉の制圧に向かう」

「わかりました。各部隊に通達を」

シャトレスの部隊は、〈エリュシオン学院〉のエリートで構成されている。

最強と名高い〈聖剣〉を持つ彼女は、王族でありながら、最前線の切り込み隊長だ。

進路上にある〈巣(ハイヴ)〉を掃討し、〈魔力炉〉へ続く進行ルートを切り開く。

〈魔力炉〉の制圧に動くのは、帝国騎士団の最精鋭が六部隊。

実戦経験の豊富な、〈桜蘭(おうらん)〉出身の傭兵(ようへい)部隊も組み込まれている。

小型の〈魔力炉〉は各エリアに分散しているが、この〈セントラル・ガーデン〉の大型〈魔力炉〉を制圧すれば、〈第〇四戦術都市(フォース・アサルト・ガーデン)〉の移動を止めることができる。

部隊の損耗は激しい。

精鋭部隊といえど、これほど大規模なオペレーションは未経験だ。

しかし、各部隊の士気は驚くほど高い。指揮官がシャトレスであるというのも理由の一つだが、なにより、誰もが理解しているのだ。

この戦いに、人類すべての生存がかかっているのだと。

〈帝都〉を、この〈第〇四戦術都市〉のようにするわけにはいかない。

「――全部隊、私に続け！」

シャトレスが〈聖剣〉を構え、前に出る。

――と、その時だった。

ドンッ――！

突き上げるような衝撃が、地面を激しく揺らした。

「……っ、な、なんだ!?」

「海底地震……？」

部隊の面々に動揺が走る。

ドクン、ドクン、ドクン――と、断続的に起こる震動。

まるで、この〈第〇四戦術都市〉そのものが脈動しているかのようだ。

「姫殿下、これは一体……」

「お前達、落ち着け――」

「――地下第八階層、〈魔力炉〉の中心に高エネルギー反応を確認！」

と、伝令担当の〈聖剣士〉が叫んだ、その瞬間。

ズオオオオオオオオオオオオオオンッ！

「……っ!?」

――〈セントラル・ガーデン〉の中心部。

聳え立つ〈中央統制塔〉が、轟音をたてて倒壊した。

「……な、なんだと？」

シャトレスの翡翠色の瞳が見開かれる。

爆発的な砂煙が、中心部から数キロル離れたこの場所まで吹き付ける。

そして、濛々と立ちこめる砂煙の向こうに――

なにか、巨大な影が立ち上がるのが見えた。

〈中央統制塔〉にも匹敵する、あまりに巨大な影――

その正体に気付いた誰かが、ぽつりと呟いた。

「悪夢だ」

――と。

第三章　覚醒

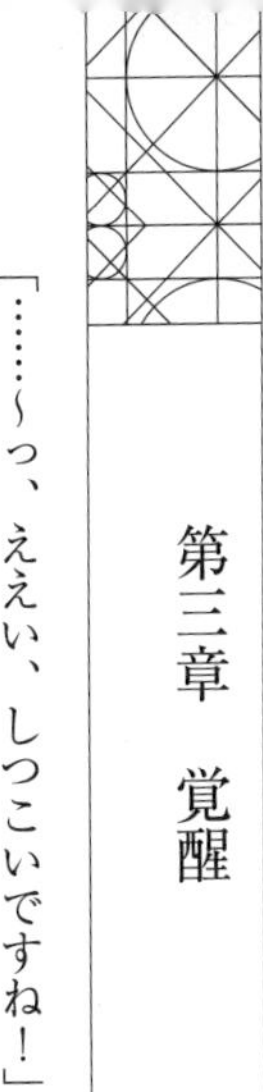

「……～っ、ええい、しつこいですね！」

ズオンッ、ズオンッ、ズオオオオオオオオンッ！

〈自走式砲台(ブラスター・ヴィークル)〉の屋根の上で、レギーナが〈猛竜砲火(ドラグ・ストライカー)〉を撃ち込んだ。

頭上を旋回する、小型の翼竜のような姿をした三体の〈ヴォイド〉は、火だるまになって次々と落下する。

舗装の剥(は)がれたハイウェイを、リズミカルに跳ねながら走る〈自走式砲台〉。

この状態で照準を定めるのは、さしものレギーナにも至難の業だ。

「ふふん、どんなもんです――って、少年も手伝ってくださいよ」

「……？」

レギーナが後ろを振り向くと、レオニスはドーナツをもぐもぐ頬張(ほおば)っていた。

「ああっ、なにしてるんですか！」

「お腹(なか)が空(す)いたので。季節限定のクリスピードーナツです」

両手にドーナツを手にしたまま、レオニスは悪びれもせず答える。

こころなしか、その表情はちょっと自慢げだ。

「どこに隠してたんです。まだ、おやつの時間じゃありませんよ」

レギーナはレオニスの頬(ほお)をつんつんして、

「わたしにも一個ください」

「……イヤですー」

ドーナツをくわえたまま、そっぽを向くレオニス。

「……～っ、少年はケチんぼですね」

「ま、魔王様は——こほん、僕はケチんぼなんかじゃありません」

レオニスは頬を膨らませると、むーっと悩むように唸(うな)った。

「では、半分だけ差し上げましょう」

「ほんとです？　やっぱり、少年は優しいですねー」

笑顔になったレギーナは、レオニスの頭のつむじをぐりぐり撫(な)でる。

「や、やめてください……わ！」

〈自走式砲台(ブラスター・ヴィークル)〉が大きく揺れ、急に止まった。

二人は前につんのめり、あやうく落ちそうになる。

「ど、どうしたんです？」

『——およそ一〇キロル前方に、高エネルギー反応を確認』

外部スピーカーから、シュベルトライテが応答した。

MOGU
MOGU

「高エネルギー反応――大型の〈ヴォイド〉ですか⁉」

『不明――』

――と、次の瞬間。

ズオオオオオオオオオオオオオンッ！

〈セントラル・ガーデン〉の〈中央統制塔〉が、轟音と共に崩落した。

「……んなっ⁉」

大量の土煙が舞い上がり、曇天の空を覆い尽くす。

「……一体、何が……？」

呆然と呟いて――

レギーナはハッと気付く。

〈セントラル・ガーデン〉には、シャトレスの部隊がいるはずだ。

「姉さん……」

「――あれは、よくないものですね」

と、隣のレオニスが真剣な表情で、砂煙の中に眼をこらした。

◆

「水鏡流〈絶刀技〉――雷火一閃！」
凛とした咲耶の声が、地下空間に響く。
雷光の如く、一瞬で異形の群れに肉薄し、神速の剣撃を放った。
青白いプラズマ光が弾け、異形の首が宙を舞う。
闇の中に翻る、〈桜蘭〉の白装束。
敵中に飛び込んだ咲耶は、一閃、また一閃――
〈魔剣使い〉の首を瞬く間に斬り捨てる。
――が、
（……そう容易くはいかないか）
切断面に肉腫がごぼりと盛り上がり、すぐに再生されてしまう。
やはり、完全に人でなくなった時点で、生物的な弱点は消滅しているようだ。
（なら、手数で圧倒する――）
裂帛の呼気を放ち、咲耶は果敢に斬り込んだ。
敵を斬れば斬るほど速くなる〈聖剣〉――雷切丸の〈加速〉の権能。
「はあああああああっ！」
再生する間を与えず、絶えず斬撃を撃ち込む。
耐久力の高い、大型〈ヴォイド〉を狩る時の戦闘スタイルだ。

剣光が虚空に閃くたび、異形の怪物が一体、また一体と沈む。

（このまま押し切れる、か——？）

眼前の個体めがけ、斬撃を繰り出した、その刹那。

「くっ……あっ——」

焼けるような激痛が奔った。

〈加速〉の権能による負荷で、背中の傷口が一気に開いたのだ。

「あああああああっ——！」

痛みを噛み潰すように、雄叫びを上げる。

異形の怪物を屠り、返す刀で背後の敵を斬り伏せる。

「……っ、はぁっ、はぁっ、はぁっ……——」

肩で息をしつつ、〈雷切丸〉の柄を握りしめる。

おぞましい怪物どもが、獲物の弱った瞬間を狙い、舌舐めずりするのがわかる。

〈魔剣〉の怪物が咆哮した。

ほとんど直感で、咲耶は左に飛んだ。

異形の首の付け根から生えた触手が、鞭のようにしなり、地面を打ち据える。

吹き飛ばされた瓦礫の破片が、咲耶の全身を打ち据えた。

「くっ——！」

ヒュンッ――！
空気を裂いて、ふたたび触手が放たれる。
跳び下がりつつ、咲耶は〈雷切丸〉を一閃、触手を斬り飛ばす。
瓦礫の中に膝を埋め、咲耶は周囲の闇を睨んだ。
〈魔剣〉の怪物は、獲物を嬲る獣のように、包囲の輪を狭めてくる。
「――これは、ちょっと……まずい、かも……」
〈雷切丸〉を地面に突き立て、倒れそうになる身体を支える。
■■■■■■■ッ――！
〈魔剣〉の怪物が咆哮を上げ、触手を叩きつけてくる。
――と、その刹那。
ゴオオオオオオオオオオッ！
突如、無の中に生まれた颶風が、〈魔剣使い〉の触手を斬り飛ばした。
（え……？）
地下空間を吹き荒れる風の中――
不可視の刃が、魑魅魍魎を斬り刻む。
（……な、にが……？）
闇の中で、咲耶は紺色の目を見開く。

と、彼女の目の前に――

新雪のような白い衣が、音もなく舞い降りた。

目の醒めるような青い髪が、はらりと零れ落ちる。

「――姉……さま……?」

◆

「……っ!?」

虚空の裂け目より現れた、〈ヴォイド〉の巨躯を見上げて――

リーセリアは息を呑んだ。

全身を覆う甲殻と、刃のような背鰭。

外殻の隙間からは無数の触腕が生え、鉤爪をガチガチ打ち鳴らす。

鎌首をもたげる蠍のような尾。膨れ上がった腹部には、肉腫のような複数の眼球が蠢いて、リーセリアを舐め回すように凝視している。

「アァ……嫌……ですねぇ……――」

奇怪な虚無の獣が、ネファケスの声を発した。

腹部の中央にある裂け目が、ぱっくりと開き、びっしりと生えた鋭い歯が覗く。

収縮する口腔から粘性の体液がこぼれ、金属の床をじゅっと溶かした。

「……この姿は、あまりに美しいので……見せたく、ないのですよおおおっ！」

「……っ！」

途端、濃密な殺意が膨れ上がる。

白銀のドレスを翻し、リーセリアは跳躍した。

腹部の裂け目から黒い霧が放出され、あたりを覆い尽くす。

（……っ、これ……は……！）

後方に跳んで距離を取りつつ、リーセリアは口もとを手で覆う。

直後、肺腑に焼けるような痛みが走った。

黒い霧の正体は、虚無の瘴気だ。霧に触れた〈銀麗の天魔〉のスカートが溶け落ち、手にした〈聖剣〉の放つ光輝がたちまち奪われてゆく。
■■■■■■■■■■ツッツッ──！
ネファケス・ヴォイド・ロードが咆哮する。

ヒュッと空気を引き裂いて──

鉤爪を備えた触腕が、動きの鈍ったリーセリアめがけて襲いかかる。

「……くっ！」

リーセリアは〈聖剣〉を一閃。触腕を斬り飛ばす。

——が、裂かれた触腕は目の前で分裂し、リーセリアの肩を貫いた。

傷口に潜り込んだ鉤爪が、爆発するように開いて、肉を抉る。

「ぐ……う……！」

ほとばしる血が、純白のドレスを赤く染める。

「申し訳ありませんが、優しく嬲ることはできません——」

どこから声を発しているのか、ネファケスの嘲弄の声が響きわたる。

「この姿になると、理性が欲望に喰われてしまうのでねえええっ——」

「……っ、血染めの——月よ！」

ほとばしる自身の血を〈誓約の魔血剣〉の刃に吸わせ、虚空に円弧を描いた。

血の刃が、回転する無数の偃月刀となって、周囲を飛び回る。

「——斬り裂け！」

叫び、リーセリアは輝く紅刃を振り下ろした。

踊る偃月刀は、触腕を斬り裂き、ネファケスめがけて飛来する。

——が。

「効きませんよ、そんなものはあああああっ！」

ネファケスの外殻が、不気味な光を放った。

殺到する血の刃は、その光に触れた途端、じゅっと音をたてて蒸発してしまう。

〈外殻に血の刃は通じない、だったらっ――〉

〈聖剣〉を片手に構え、リーセリアは疾走する。

「――竜帝の灼血（しゃっけつ）よ、我が刃に宿りて、燃え盛れ！」

刃の尖端（せんたん）が地面を擦過し、激しい火花が散る。

振り上げた刃に、紅蓮（ぐれん）の炎が燃え上がった。

「魔術剣（マジック・ソード）――〈焔竜灼血剣（スカーレット・ドラキュリア）〉！」

〈誓約の魔血剣〉に〈竜王の血〉の力を付与したのだ。

「はああああああああああっ！」

瓦礫（がれき）の上を一気に駆け抜けて――

竜の炎を纏（まと）う刃をネファケスの外殻の継ぎ目に叩（たた）き込む。

赤熱化した外殻が内側から膨張し、火山のように爆発する。
グ、オ、オオオオオオオオッ……！
ネファケスが咆哮（ほうこう）した。

その巨体を激しく揺すり、リーセリアを振り落とそうとする。

〈……っ、〈竜王の血〉に耐えるなんて――〉

ズシャアアアアアアンッ！

怪物の尾が直撃し、コンテナの山が倒壊した。

轟音。激しい土埃が舞い上がる。
突き立てた〈聖剣〉を抜き放ち、リーセリアは地面に着地した。
魔力を放出し、真祖のドレスを〈暴虐の真紅〉のモードにシフトする。
純白のドレスが眩い魔力光に覆われ、気高い紅のドレスに変化した。
魔力によって吸血鬼の肉体を大幅に強化する、近接戦闘用のモード。
ただ、このモードは〈銀嶺の天魔〉に比して、莫大な魔力を消耗する。
エルフィーネと激しい戦闘をした後で、すでに魔力は残り少ない。
おまけに、あたりに漂う瘴気が〈聖剣〉の力を奪ってゆく。
(一気に片を――つけるっ!)
真紅のドレスを翻し、リーセリアは駆け抜ける。
「はははははっ!」
ネファケスが、蠍のような尾を振り上げた。
尾の尖端がバッと花開き、無数の触腕が投射される。
「ふっ――!」
呼気を放ち、リーセリアは〈聖剣〉の刃を振るった。
鞭のようにしなる血の刃が、持ち手を守るように、触腕を斬り払う。
輝く〈聖剣〉の斬光を引き連れて、リーセリアは前に踏み込んだ。

「はあああああああっ――〈血華螺旋炎斬〉！」

燃え立つ〈聖剣〉の切っ先に血の刃が収束し、炎と血の二重螺旋を描く。

勢いのまま、下腹部にある口腔めがけ、剣尖を突き込んだ。

逆巻く紅蓮の炎が、ネファケスの体内で爆発的に荒れ狂う。

（このまま、貫く――！）

更に踏み込んで、一気に魔力を解放する。

体表は強靱な鱗で守れても、体内まではそうはいかないはずだ。

「……っ！」

その時、不意に、嫌な直感がリーセリアの脳裏をよぎった。

懐に入られた状態で、口腔を開けるのは、あまりに無防備だ。

知性のない、通常の〈ヴォイド〉であれば、そう不思議なことではない。

しかし、この化け物は違う。

多少は理性を失い、凶暴化しているとはいえ、あの司祭なのだ。

（――まさか、誘い込まれた？）

その可能性に思い至った、瞬間。

〈聖剣〉を突き入れた口腔が、ぱっくりと割れた。

そして、身体の裏表が――

まるで、花びらが開花するように、一瞬でひっくり返る。

(――なっ⁉)

「どうです、面白いでしょう。この肉体には裏と表がないんですよ」

裏返った肉塊の中から、ずるりと現れたのは――

白髪の司祭の上半身だった。

リーセリアを見下ろし、嘲るように哄笑する。

焼けた肉塊がたちまち再生し、巨大な触腕を幾つも生み出した。

「……っ！」

咄嗟に、地を蹴って後ろへ飛び下がる。

――だが、そこはすでに化け物の間合いの中だ。

弱点を露出したように見せかけ、深追いさせる、狡猾な罠。

「残念でしたねえええええ！」

放たれた触腕がリーセリアの背後に回り込み、一瞬で四肢を拘束する。

「……くっ！」

無造作に掴まれたまま――

ドゴオッ！

リーセリアの華奢な身体は、容赦なく地面に叩きつけられた。

「あっ……ぐっ、う……！」

赤子の弄ぶ、お気に入りの玩具(おもちゃ)のように。

何度も、何度も、何度も、執拗(しつよう)に打ちつける。

「は、ははははっ、さすがに、不死者は頑丈ですねえ」

〈吸血鬼の女王(ヴァンパイア・クイーン)〉の強靱(きょうじん)な肉体と魔力防護、〈暴虐の真紅(スカーレット・タイラント)〉の護(まも)りがなければ、最初の一撃で、骨まで粉々になっていただろう。

「すぐには楽にしませんよ。私のこの姿を見たのですからねええええっ！」

司祭にとって、化け物の姿を見られるのは、耐えがたい屈辱のようだ。

「……っ、う……あ……」

反撃することも、逃げることもできず、嬲(なぶ)られ続ける。

やがて、ぐったりとしたリーセリアの身体は、宙へ持ち上げられた。

肉塊から上半身を生やしたネファケスが、祭壇に贄(にえ)を捧(ささ)げるように両手をかかげる。

「さあ、あなたの〈聖剣〉を、〈魔剣の女王〉に捧げましょう」

リーセリアの身体を握る化け物の腕に、力が込められた。

ミシミシと骨の軋(きし)む音。

握りしめた〈誓約の魔血剣(ブラッディ・ソード)〉の刃(やいば)が、虚無の瘴気(しょうき)に侵されて黒く変色する。

「……あ……あ、ああああああっ……」

喉奥で、か細い悲鳴がほとばしった。
(……フィーネ、せん、ぱい……ごめん、なさい……)
地面に横たわるエルフィーネの姿を視界に入れ、悔しげに呟く。
(約束――したのに……助けられ、なかった……)
真紅のドレスが、輝く魔力の粒子となって虚空へ消える。
身を守るものを完全に失った彼女の身体を、化け物の指先が容赦なく握り潰す。
(……ごめん。ごめんね、みんな――レオ、君……)
遠のく意識の中で、レオニスの顔が脳裏に浮かんだ。
――と、その時だ。
『――そうはさせないよ、〈女神〉の〈使徒〉』
――どこからか、そんな声が聞こえた。
(……え?)
それは、聞き覚えのある声だった。
夢の中で、リーセリアを呼んでいた声。
エルフィーネの漆黒の結晶を砕く時、頭の中に聞こえた、あの少女の声だ。
「――この娘は、絶望の未来を変える、世界の希望なんだ」

◆

（――違う。この声は――!?）
今にも消えてしまいそうな意識の中で、リーセリアは気付く。
この声は、頭の中に聞こえているんじゃない。
（……喋っているのは、わたし？）
――そう。唇を震わせ、声を発しているのは、彼女自身。
リーセリア・レイ・クリスタリアの声だ。
（……ど、どういうこと？）
と、混乱していると――
「ああ、驚かせてすまない。まさか、こんなタイミングで目覚めるとはね」
化け物の腕に掴まれたまま、リーセリアは首を横に振った。
無論、首を振ったのは、リーセリア自身の意志ではない。
なにかが、リーセリアの身体を勝手に動かしているのだ。
「――けれど、どうにか間に合ったみたいだね」
（……な、なに……一体誰なの……!?）
心の中で、リーセリアは叫んだ。

その声が実際に発せられることはなかったが、相手には聞こえたようだ。

「——わたしはロゼリア。ずっと、君の中に眠っていた」

（……ロゼ……リア……？）

それは、リーセリアの知っている名前だった。

以前、調査に赴いた森の中で発見した、古代の碑文に刻まれていた名前。

そして——

（レオ君が探してる、女の子……？）

「ああ、そうだね」

と、彼女は苦笑するように答える。

「けど、女の子じゃない。私は——」

——〈女神〉だ。

と、その刹那。

リーセリアの身体を掴む腕が弾け飛んだ。

（……っ!?）

彼女の手にした、〈誓約の魔血剣〉——

その刃が瘴気を打ち払い、血の刃を解き放ったのだ。

「……なんだと!?」

ネファケスが驚愕の声を漏らした。

いたぶっていた獲物が、突然、牙を剥いたのだ。

縛めを解かれたリーセリアの身体は、ふわりと地面に着地した。

彼女は手にした〈誓約の魔血剣〉の刃を見下ろして、満足げに呟く。

「なるほど。これが君の〈聖剣〉か――」

――と。

「く、くくくくっ、まだ抵抗するのですか。いいでしょう」

ネファケスの哄笑が、ポール・シャフトの壁に反響する。

「反抗的な獲物の方が、躾け甲斐があるというものです」

「……――」

リーセリアは肩をすくめ、嘆息した。

「救い難く愚かだね、虚無の司祭。誰に向かって口を利いている」

呟いて。彼女は〈誓約の魔血剣〉を片手に構える。

「ふ、ふふ、ふ――かんに触りますねえ、まったく――」

化け物の下腹部にある口腔が、ギチギチと不快な音をたてて開く。

「この、死に損ないの小娘があああっ！」

ヴォイドの口腔の奥に、熾火のような光が生まれ――

ズオオオオオオオオオオオオオオッ!
閃光が放たれた。
眩い破壊の光は瓦礫を一瞬にして溶かし、リーセリアに迫る。
(……っ、避けて——!)
リーセリアは思わず悲鳴を上げるが、指一本動かせない。
閃光が、リーセリアの身体を呑み込んで——
「ば、ばかなっ……!?」
声を上げたのは、肉塊の上に生えたネファケスだった。
〈聖剣〉を構えたリーセリアは、平然とそこにたたずんでいる。
閃光が彼女の身を呑み込む、その直前。
魔力を帯びた血の障壁が立ち上り、その身を守ったのだ。
「——素晴らしいね。君の〈聖剣〉の力は」
と、彼女はリーセリアに告げる。
(……嘘、どうしてわたしの〈聖剣〉を!?)
リーセリアの混乱は深まるばかりだ。
身体を操るばかりか、〈聖剣〉まで使うなんて——
しかも、リーセリア自身よりも使いこなしている。

「ほんの少し、〈聖剣〉の潜在能力を引き出してあげただけだよ」

答えて、彼女は〈誓約の魔血剣〉をすっと頭上に構えた。

虚無の瘴気に触れ、黒ずんでいた刃が、真紅の輝きを取り戻す。

「〈聖剣〉を生み出したのは、わたしなのだからね」

（……え？　そ、それって、どういう――）

リーセリアが聞き咎めようとした、その時。

「オ、オオオオオオオオオオ……！」

ネファケスが唸るような声を上げた。

それはあの司祭の声なのか、それとも、虚無の化け物の咆哮なのか――

頭上に、無数の魔術方陣が出現する。

「第五階梯魔術〈爆裂魔咒砲〉――塵となって消えるがいい、女吸血鬼！」

「――古代の魔術か。彼のそれに比べると、児戯にも等しいよ」

と、リーセリアの肉体に宿る彼女は、そっけなく呟くと、

〈誓約の魔血剣〉の刃に指を押しあて、血を滴らせる。

「すまないが、君に構っている暇はないんだ」

血に濡れた〈聖剣〉の刃が、螺旋を描く刺突剣に変化した。

（……わたしの〈聖剣〉が!?）

リーセリアが驚愕する。

「〈聖剣〉形態換装――〈誓約の螺旋血剣〉」

渦巻く血の刃が、空気を引き裂いて、頭上で唸りをあげる。

「死ねええええええええええええっ！」

〈ヴォイド〉の巨躯が震えた。

広域破壊魔術の光球が、リーセリアめがけて放たれる。

「――無駄だよ」

リーセリアの唇がかすかに動く。

彼女は無慈悲に、〈聖剣〉の刃を振り下ろした。

回転する螺旋の刃が解き放たれ、破壊魔術の光球に衝突する。

ズオオオオオオオオオオンッ！

爆発。凄まじい閃光と轟音が、視界を埋め尽くす。

「――ば……か、な……！」

ネファケスの顔が、混乱と憎悪、恐怖に歪む。

「馬鹿なっ、馬鹿な馬鹿なっ、わたしの最大最強の魔術があああああっ！」

螺旋の剣尖が、〈ヴォイド〉の鱗を貫通し――。

――そして。司祭の眉間を穿ち抜く。

断末魔の声はなかった。

ただ、ピシリ――と、
咆哮と共に、虚空に亀裂の入る音がした。

ピシッ――ピシピシピシッ、ピシッピシッ――

空間に無数の裂け目が生まれ、〈ヴォイド〉の巨躯が呑み込まれる。

そして――

眼を見開き、虚空の一点を見つめたまま――

ネファケス・レイザードは、虚無の裂け目の中に消えてゆくのだった。

（……っ、すごい……！）

自身の視覚を通して、目の前の光景を見たリーセリアは、思わず呟いた。

あの強大な〈ヴォイド〉を、彼女は苦も無く倒してしまった。

（――って、感心してる場合じゃないわ！）

ハッと我に返ったリーセリアは、

（あ、あなたは、一体なんなんですか！　た、助けてくれたことには感謝しますけど、それはそれとして、早くわたしの身体を返して！）

彼女の身体を乗っ取った、ロゼリアという少女に抗議する。

しかし――

「――時間がない。手短に伝えるから、聞いてくれ」

彼女は取り合わず、そんなことを告げてくる。

（……え、無視？　ねえ、ちょっと――！）

普段は優しいリーセリアが、さすがに怒った口調でまくしたてると、

「――今から君を、ある場所に送る。そこで、使命を果たしてほしい」

（……え？）

「そこで君は、もう一度、彼と出会うだろう」

（……彼？　な、なんのこと!?）

「すぐに分かるよ。大丈夫、君と彼の絆（きずな）は、誰よりも強い」

――少し妬（や）けてしまうくらいにね、と呟（つぶや）いて。

彼女は、手にした〈聖剣〉を宙に投げた。

〈誓約の魔血剣（ブラッディ・ソード）〉は宙を舞い、光の粒子となって虚空（こくう）に消える。

「これは君に返しておくよ。これから行く場所で、必要になるからね」

同時、リーセリアの視界が、真っ暗な闇に閉ざされた。

意識だけがふわりと浮かび、身体（からだ）を離れていくような感覚。

（……～っ、ちょ、ちょっと、どういうこと!?　せ、説明、説明を――）

「すまない、時間がないんだ」

消えゆく意識の彼方(かなた)で、彼女の声が遠くに聞こえた。

「――リーセリア・クリスタリア。星の未来は、君に託したよ」

◆

逆巻く風に煽(あお)られて、たなびく〈桜蘭(おうらん)〉の白装束。

死者のように白い膚(はだ)。

腰まで伸びた青髪が、目の前でふわりとひろがる。

「――姉……さま……？」

咲耶(さくや)の唇から、かすれた声がこぼれる。

……見間違いではない。見間違えようはずもない。

それは――

九年前に幼い咲耶を庇(かば)って命を落とした姉、刹羅(せつら)の姿。

「――間に合った」

と、彼女は咲耶に背を向けたまま、ぽつりと呟く。

「……どうして？」

と、その背中に訊(たず)ねるが、答えはない。

無言で、風の〈聖剣〉を構え、闇に蠢く魑魅魍魎に対峙する。
そして——
「——疾っ！」
鋭い呼気を放ち、彼女は地を蹴った。
瓦礫がパッと砕け、刹羅の姿が掻き消える。
「……!?」
——と、次の瞬間。
闇の中に、〈桜蘭〉の白装束が舞い踊る。
轟ッと風が凄まじい唸りを上げ、〈魔剣使い〉を斬り捨てた。
風の刃を纏う〈聖剣〉が、彼女の手の中で輝きを増す。
「水鏡流〈絶刀技〉——〈魔風烈破斬〉！」
振り上げた刃を起点に、周囲の風が一気に収束し、局所的な真空を生み出す。
——そして。
咲耶は咄嗟に、瓦礫の山に身を伏せた。
瞬間。地下空間に巨大な竜巻が生まれた。
ゴオオオオオオオオオッ！
破壊された橋の残骸が、剥がれた配管が、暴風の中心に吸い込まれる。

「ぐっ……」
身を伏せたまま、咲耶は地面に突き立てた〈雷切丸〉の柄を握りしめた。
竜巻に吸い込まれた〈魔剣使い〉は、たちまち風の刃の餌食となる。
幾重にも宙を奔る、風の刃。
取り込まれたら最後、逃れる術はない。
斬り刻まれた肉片が、霧のような瘴気となって消滅する。
刹羅が、〈聖剣〉を構え直した。
ほんの数秒で、〈魔剣使い〉の三分の一が消滅した。
（すごい……！）
──なぜ、彼女がここにいるのか。
そんな疑問も一瞬忘れ、咲耶は瞠目する。
刹羅は群れの中に踏み込んだ。
〈魔剣使い〉の群れを、斬って、斬って、斬り捨てる。
■■■■■■■■ッッッ──！
ひときわ大柄な〈魔剣使い〉が咆哮。
刹羅めがけて、刀のような腕を振り下ろす。
──〈魔剣〉が肉体と融合したものだ。

刹羅は、〈聖剣〉の刃でそれを受け止めた。
──が、〈魔剣〉の刃は木の枝のように分裂し、刹羅の全身を貫く。
「……姉様っ!?」
思わず、咲耶は声を上げた。
〈魔剣〉の刃が、身体の内側を破壊して──
否、その姿が、まるで霞のようにかき消えた。
「……!」
次の瞬間。刹羅の姿は、〈魔剣〉の化け物の背後にあった。
颪の刃が唸り、化け物の首が宙を舞う。
颪の権能により、幻を生み出したのだ。
刹羅は更に斬り込んだ。
闇の中に白刃が閃き、青髪と白装束が翻る。
死を恐れない、異常な戦い方だ。
乱刃の閃く中に敢えて身を投げている。
咲耶も、剣戟の中で我を忘れることはある。
けれど、あんな──
あんな、自分の身体が傷つくことに、あまりに無頓着な戦い方は──

（……どうして――）

不死の屍人(しびと)とはいえ――

どうして、あんな無茶(むちゃ)な戦い方をしているのか。

咲耶は利羅と二度、刃を交えている。

一度目は〈第〇七戦術都市(セヴンス・アサルト・ガーデン)〉で。二度目は虚無世界の遺跡で。

だから識(し)っている。

彼女の剣のスタイルは本来、あんな戦い方ではないはずなのだ。

――と。闇の中で乱刃を振るう、利羅と眼(め)が合った。

煌々(こうこう)と輝く、真紅の眼。

ほんの一瞬、彼女の唇が、わずかに動くのが見えた。

――逃げろ、と。

（……っ、まさか、囮(おとり)になってくれている？）

咲耶はハッと眼を見開く。

利羅が振り向いたのは、その一瞬のみ。

身を翻し、再び〈魔剣〉の化け物の中へ斬り込んでゆく。

「……っ、姉さま――」

唇を噛(か)みしめ、咲耶は喉の奥で呻(うめ)いた。

〈聖剣〉の柄を強く握りしめ、瓦礫の中から立ち上がる。

「そん、な……そんな、の……」

彼女がなぜ、咲耶を助けたのか、わからない。

姉とはもう一度、刃を交わし、殺し合う覚悟をしてきたはずだった。

——けれど、それでも。

姉を見捨てて、一人逃げるなんて。

「できるわけ、ないじゃないかっ——!」

〈雷切丸〉の刀身に雷光が爆ぜた。

「はあああああああああっ!」

裂帛の呼気と共に、咲耶は斬り込んだ。

電光石火。一瞬で〈魔剣〉の化け物に肉薄し、一刀のもとに斬り伏せる。

刹羅が振り返り、驚いたように真紅の眼を見開く。

「——姉様。二人で片付けたほうが早いよ」

そう告げて、刹羅と背中合わせに立った。

刹羅の返答はない。

風が唸り、足もとの砂礫を吹き散らした。

吹き荒れる颶風は、しかし、咲耶を傷付けることはない。

まるで、風そのものに意志があり、咲耶を守ろうとしているようだった。

「――！」

どちらともなく、足を踏み出した。

あるいは、まったくの同時であったかもしれない。

二つの斬光が閃（ひらめ）き、〈魔剣〉の化け物が、真っ二つになった。

暗闇の中に踊り、奔（はし）る――剣閃（けんせん）と白装束。

刃が閃くたび、化け物の首が次々と宙を舞う。

流麗なその姿は、まるで神楽（かぐら）の演舞。

めまぐるしく位置を入れ替えながら、〈聖剣〉の刃を振るう。

斬っては舞い、舞っては斬る――

それは、コンビネーションなどというレベルのものではない。

言葉を交わさずとも、視線さえ交わすことなく、完璧に連携する。

水鏡に映し出された鏡像のように、完璧に同調した剣舞だ。

しかし、驚くようなことではない。

〈桜蘭（おうらん）〉の姉妹は幼少の頃より、二人で〈封神祀（ほうしんし）〉の神楽を奉納してきたのだ。

そして――

二人の〈聖剣〉の刃が交わった。

「水鏡流絶刀技(みずかがみりゅうぜつとうぎ)――〈風王烈破斬〉！」

「水鏡流絶刀技――〈雷神烈破斬〉！」

風と雷、二つの〈聖剣〉の力が干渉し、凄(すさ)まじい雷嵐が発生した。

稀(まれ)に発現する、〈聖剣〉の相互干渉と呼ばれる現象だ。

雷火を孕(はら)んだ風が、〈魔剣〉の化け物どもを一斉に呑(の)み込んだ。

◆

――気がつけば。

地下通路に現れた異形の〈魔剣使い〉どもは、霧のように消えていた。

〈ヴォイド〉と違うのは、その場に〈魔剣〉が残ることだ。

瓦礫(がれき)の上に散らばる、様々な形の〈魔剣〉。

だが、その〈魔剣〉も、いずれは虚空(こくう)に消え去るのだろう。

「はあっ、はあっ、は……あっ……」

肩で荒い息をつきながら、咲耶(さくや)はその場にくずおれるように座り込んだ。

背中合わせになった刹羅(せつら)に、そっと身を預ける。

刹羅もまた、ゆっくりと座り込んだ。

「……──」

そのまま、しばらく沈黙が続く。

……感情の整理ができない。

もう一度、姉と再会する予感はしていた。

しかし、それは刃（やいば）を交える敵としてだ。

不死者となった姉を救い出す方法。

あるいは、殺す方法を、〈魔王〉に訊（たず）ねた。

まさか、こんな形で、相見（あいまみ）えるとは思わなかった。

「──間に合って、よかった」

と、先に口を開いたのは、刹羅だった。

「強くなったね、咲耶」

「姉様……」

それは、優しい姉の声だった。

「──咲耶。あなたのお陰で、わたしは呪いから解放された」

美しい顔に、ふっとわずかな微笑を浮かべる刹羅。

目の醒（さ）めるような青い髪が、額にはらりとこぼれおちる。

「……ボクの？」

咲耶は訊き返す。

「ええ、咲耶が、私の心臓に刻まれた〈支配の刻印〉を、壊してくれた」

「支配の刻印——」

咲耶は思い出す。

あの〈虚無世界〉の遺跡で、刃を交えた時——

彼女の胸に、〈雷切丸〉の刃を突き込んだ。

——あの一瞬。たしか、姉は昔の人格を取り戻したように見えた。

そして——

『心臓の……刻印……吸血鬼の、力で……再生する前に——』

と、そう呟いて、咲耶の首に牙を突き立てたのだ。

「やっぱり、あの時、姉様はわざと刃を……？」

「——ええ、あれが、〈支配の刻印〉を破壊する、唯一の機会だった」

刹羅は静かに頷く。

「不死者の眷属は、〈支配の刻印〉によって隷属させられている。主の命は絶対。その軛から逃れるには、刻印を破壊するか、滅びるしかない——」

では、姉は。

いかなる外法によってか、彼女を屍の人形とした者に操られて——

咲耶はぎゅっと拳を握った。

「一体、誰が……誰が姉様をそんな目に――」

静かに、しかし苛烈な怒りをこめて、訊ねる。

「〈女神〉――」

と、刹羅はぽつりと口にした。

まるで、その名を呟くことさえ畏れるように。

「――〈ヴォイド〉を引き入れ、私たちの故国を滅ぼした、あの影法師」

「……っ!?」

咲耶の脳裏に、フラッシュバックする記憶があった。

それは、刹羅の血によって与えられた、九年前の夢の記憶。

赤く輝く〈凶星〉。ぞろり、ぞろり、と滅びた廃墟を練り歩く、無貌の黒い影。

私は未来、あるいは過去。あるいは因果、運命、虚無――

燃える都の中で、呪うように、歌う影法師。

姉を失い、故国を失った幼い咲耶に、〈魔剣〉を与えたもの。

「あの影法師が、女神……?」

「正確には、〈女神〉そのものじゃない。あれは、虚無に穢された、〈女神〉の欠片。その力の一部が顕現したもの」

白装束の襟をきゅっと握りしめ、刹羅は続ける。

「――九年前のあの日、剣士の姿をした〈ヴォイド・ロード〉に殺された私は、影法師の力によって、不死の吸血鬼に変貌させられた。そして、虚無の〈女神〉を信奉する〈使徒〉の走狗となりはて――」

――およそ、半年前。〈封神祀〉の儀式をする咲耶の前に現れた。

〈第〇七戦術都市〉に、〈桜蘭〉を滅ぼした〈ヴォイド・ロード〉を呼び込むために。

だが、あの時――

「咲耶と剣を交えたことで、一瞬、失われた私の意識が甦った。屍となった肉体は、依然として刻印の支配下にありながら、わずかに、自我を取り戻した」

そして、〈虚無世界〉の遺跡で、再び咲耶の前に姿を現した彼女は――

ほんの刹那、〈支配の刻印〉に抗うことに成功し、咲耶に自身の心臓を貫かせた。

虚無の〈女神〉に〈支配の刻印〉の刻まれた、心臓を。

「――あの瞬間、私は呪いから解放された。心臓はすぐに再生したけれど、損壊した刻印は、徐々に支配の力を弱めていった」

刹羅は、そっと咲耶の手を握る。

その指先の冷たさで、やはり、姉は屍人になったのだと実感する。

「――姉様」

咲耶は、その手をそっと握り返した。

――その時、ふと気付く。

なにかが、握った手の上にサラサラと零れおちた。

「……姉様⁉」

――それは、灰だった。

彼女の肩にかかる青い髪が、細かな灰の粒子となって、床に拡がる。

振り向くと、刹羅は穏やかに微笑んでいた。

「姉様、髪……が……」

「――ええ。これでようやく、眠れる」

「眠れる……って、姉様……どういうこと？」

刹羅はそっと、白装束の胸もとに触れた。

「〈支配の刻印〉は、眷属と主との魔術的な契約。刻印を壊された眷属は、いずれは自然の摂理によって、滅びる定め」

「え……」

と、咲耶は息を呑む。

「本当は、もう少しだけ猶予があったけど……今の戦いで、力を全部、使ってしまった」

冷たい床に灰が降り積もる。

落ちゆく砂時計のように。少しずつ、彼女の身体が消えてゆく。

「姉様っ――！」

倒れかかる刹羅の身体を、咲耶は抱きとめた。

「姉様っ、ボクが……ボクのせい、で――」

「違うよ、咲耶。本当は九年前のあの日に、私の命は終わっていた」

暗闇の中、刹羅は首を横に振る。

「けれど、望まぬ形で命を与えられ、虚無の〈使徒〉の走狗となりはて、この手を、血と罪に穢してしまった――」

それから、咲耶の眼をまっすぐに見つめた。

姉妹で同じ、紺色の眼。青色の髪。

「だから、ありがとう、咲耶。私の魂を解放してくれて。最後に、あなたに逢えて、あなたを守ることができてよかった」

「姉様……」

震える手で、咲耶は床に零れた灰を握りしめた。

――〈ハイペリオン〉で、レオニスに訊ねた。

一度、不死者となった者を救うことはできるのか、と。

けれど、彼は言った。それは不可能だと。

覚悟は決めていたつもりだった。

けれど、それでも――

刹那は微笑んで、咲耶の頬に指先をあてる。

死者の冷たい指先を。

「――これで、ようやく、眠れ……る」

その指先が、細かな灰になって崩れ落ちる。

「――さ、ま……姉様っ、姉様ああああああああああっ！」

慟哭が、地下の暗闇にこだました。

◆

「第四秘蹟――魂の転移は成功したようだね」

リーセリアの肉体に宿った〈女神〉は、虚空に言葉をなげかけた。

器の少女、リーセリア・レイ・クリスタリアの魂魄は、因果の収束点へ旅立った。

あの少女こそ、絶望の未来に叛逆するための最後の一手だ。

あの少女が、因果の収束点で使命を果たすことができるのか――

それは、未来視の力を持つ〈女神〉にもわからない。

けれど、彼女にその使命を教えることはできない。
神が強く干渉すれば、それは同時に、因果の干渉を招くことにもなるからだ。
「星の未来は、君に託したよ、リーセリア・クリスタリア――」
そっと手を握って瞑目する。
――と、その時。
「う、ん――？」
急に、目眩のようなものを感じた。
視界がぐらりと揺れ、リーセリアの肉体が膝からくずおれる。
（……これは、どうしたことだ？）
……違和感。身体が、うまく動かせない。
転生した〈女神〉の魂が、器の身体に馴染んでいないのか。
（いや、これは……私の魂が、拒絶……されている？）
指先の力が抜け、そのまま、リーセリアの身体は地面に横たわった。
……何故？
（転生の秘蹟が、失敗した――？）
――違う。
と、ロゼリアはその理由に思い至った。

（なるほど。レオニスが、彼女を〈不死者〉の眷属にしたから、か――）

転生の秘蹟は本来、生者の肉体を器とするものだ。

しかし、リーセリア・クリスタリアは、すでに死んでいる。

レオニスの目覚めた地下霊廟で、彼を庇おうとして、命を散らしたのだ。

不死者の肉体が、〈女神〉の魂を拒絶しているのだろう。

（――まったく、これは予想外の出来事だ）

ロゼリアは胸中で肩をすくめた。

まさか、器の少女が不死者になるとは、未来視を持つ彼女にも予見できなかった。

「――ふふっ、レオニス。やはり君は、面白い」

運命を、物語を逸脱し、因果律に叛逆し得る存在。

それこそが、彼女の選んだ〈魔王〉としての資質だ。

事実、彼の復活により、すでに彼女の視た未来とは差異が生じはじめている。

それは畢竟、虚無の世界に封じられた、もう一人の〈女神〉の預言にも、狂いが生じているということだ。

しかし、それはそれとして――

（……嗚呼、これは少し、不味いことになったかもしれないね）

胸中で、苦笑めいた呟きを漏らして。

ロゼリアの魂は、リーセリアの肉体から、完全に剥離（はくり）した。

◆

「……う、ん……」

眼（め）を開けると、視界に広がるのは曇天の空だった。

白銀の髪の落ちかかる頬（ほお）を、細かな雨粒が叩（たた）く。

「……ここ……は……？」

呟いて、リーセリアはゆっくりと身を起こした。

制服のシャツが、湿って肌にはりついている。

「……ええっと、わたし、〈第〇四戦術都市（フォース・アサルト・ガーデン）〉にいたはずじゃ……」

ズキズキと頭が痛む。

……そうだ。〈ヴォイド〉に変貌した、司祭と戦っている最中――

（頭の中に、声が聞こえたのよね……）

夢の中で聞いたことのある、少女の声。

気が付けば、あの声の少女に、身体（からだ）を奪われて――

そして、眼を覚ましたのだった。

（えぇっ、ど、どういうことなの……？）

……なにがなんだかわからない。

（夢を見ているの？　それとも、死んでしまったの？）

……いえ、それはないわね。と、リーセリアは思いなおす。

もう、一度死んで、不死者の吸血鬼になっているのだ。

二回も死んでたまるものですか。

あたりを見回すと、そこはたくさんの挟まれた、小さな路地のようだ。

建物は、あまり見慣れない石の建造物だ。

もちろん、〈第〇四戦術都市〉にこんな建物はない。

（……まるで、遺跡みたい）

雨に濡れた石壁に触れて、ふと思いあたることがあった。

このタイプの建築物を、最近、どこかで見たような――

「そうだ。あの都市の遺跡……」

そういえば、〈虚無世界〉で調査した遺跡の建造物が、こんな感じだった。

（――たしか、〈ログナス王国〉。レオ君の故郷……）

けれど、蟲のような機械の徘徊していた、あの遺跡と違って、この建物は廃墟ではないように見える。そう、まるで人が住んでいるような――

「まさか――」

ハッとして、リーセリアは駆け出した。

路地を抜け、大通りに出ると――

降りしきる霧雨の中、行き交う大勢の人の姿が目に飛び込んできた。

「……ど、どういうこと？」

呆然と呟いて、リーセリアはその場にへたりこんだ。

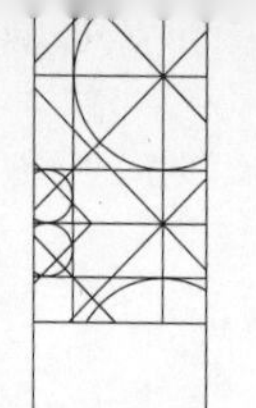

第四章　一〇〇〇年前の、再会

「あ、あの、わたし、迷子なんですけど……」

雨の中、通りを行く人に声をかけるも、みな奇妙な顔をして歩き去ってしまう。

もう何度目だろう。

……無理もないわね、とリーセリアは嘆息する。

リーセリアの着ている〈聖剣学院〉の制服は、ここの人々の服装とはかなり違うし、そもそも、言葉が通じていないのだ。

ほんの少し血を吸わせてもらえば、〈吸血鬼〉の能力で言葉がわかるようになるのだが、まさか、道行く人にそんなことを頼むわけにはいかない。

（……なんだか、みんな余裕がないみたい）

変な服を着た、よそ者に構っている場合じゃない、という感じだ。

「レギーナ、咲耶（さくや）、フィーネ先輩……」

こんな時、第十八小隊の仲間がいてくれたら、どんなにか心強いだろう。

レギーナは持ち前の明るさで誰とでも仲良くなれるし、咲耶はどんなことが起きても、超然としていそうだし、頭脳明晰（めいせき）で落ち着いたフィーネ先輩は、〈天眼の宝珠（アイ・オヴ・ザ・ウイッチ）〉でこの世界の情報を分析し、なにかしらの解決策を考えてくれるだろう。

（フィーネ先輩、大丈夫かな……）

意識を失ったままの彼女を、置き去りにしてしまった。

それに、落下した咲耶のことも心配だ。

「どうにかして、戻る方法を探さないと……」

リーセリアは途方に暮れながら、考える。あの声の主は、何か目的があって、リーセリアをここに送りこんだようだ。

（たしか、誰かと出会うとか、使命がどうとかって――）

――ロゼリア。

〈女神〉を名乗るあの少女は、結局、肝心なことはなにも話してくれなかった。

（……～っ、だ、だいたい、あの子、人の身体を勝手に使って！）

めずらしく怒って、頰を膨らませるリーセリア。

と、ふと気になった。

……そういえば、あの子の憑依した、わたしの身体はどうなったんだろう？

あのまま元の世界にいるのか。

それとも、肉体ごとここに送り込まれたのか――

（まあ、今は考えてもしかたないわね……）

リーセリアはいったん、いろいろな思考を放棄した。考えなければいけないことが多すぎるときは、できるだけ考えることを少なくしたほうがいい、とは咲耶(さくや)の言葉だ。

（たぶん、賭博のことよね……）

大通りでの情報収集は諦めて、元の路地裏に戻る。

もしかすると、最初に眼(め)を覚ました場所に、なにか意味があるのかもしれない。

表の通りに比べ、路地裏は石畳も剥(は)がれ、ゴミが散乱していた。

痩せたネズミが小さな骨を取り合っている。

こういう場所は、〈第〇七戦術都市(セヴンス・アサルト・ガーデン)〉には存在しなかった。

雨脚がだんだんと強くなってくる。濡(ぬ)れた制服が重い。

裏路地の奥を曲がった、その時だ。

（あ……れ……？）

頭の奥で、火花の散るような感覚があった。

（わたし、この場所を知ってる……？）

そう、この裏路地と同じ場所をどこかで見たことがある。

……一体、どこで？

（……そうだ！　ライテちゃんに連れていかれた、遺跡の地下——）

〈ログナス王国〉の都市遺跡の地下にあった、漆黒のクリスタル。

そのクリスタルの見せた、イメージの奔流の中で、この場所を見たのだ。
間違いない、あの場所だ。こんなふうに雨が降っていた。
（それじゃあ、もしかして――！）
妙な確信があった。
リーセリアは水たまりを蹴立て、足早に走った。
なにかに導かれるように、迷路のような細い路地を駆ける。
――と。
「……っ!?」
――そこに、いた。
粗末な襤褸(ぼろ)を纏(まと)った子供が、一人ぼっちで座りこんでいた。
十歳のレオニスよりも、顔立ちが少し幼い。
――けれど、間違いない。
リーセリアは駆け寄って、レオニスの前に膝を屈(かが)めた。
「レオ君……」
雨に濡れたその頬(ほお)に、そっと手を触れた。
「あ、あの……レオ君。わたしのこと、わかるかな？」
リーセリアが訊(たず)ねると――

レオニスは虚ろな眼差しで、不審そうに見つめ返してくる。

「……」

「そう、だよね……」

やっぱり、彼女の知っているレオニスとは、違う。

……わかってはいたけれど。

「あ、そもそも、言葉が通じないんだよね……」

けれど、いきなり襲いかかって、血を吸うわけにはいかない。

……吸血鬼じゃあるまいし。

その時、リーセリアは気が付いた。

彼の腕が、子供にしても異様に痩せ細っている。

きっと、数日間、まともに食べ物を食べていないのだろう。

雨の中、座り込んでいるのは、もう歩く気力も体力もなくしているからに違いない。

「ちょっと、待っててね」

リーセリアはあわてて、制服の内ポケットを探った。

すると、金属製のパックに入った、ビスケット・レーションが見つかった。

非常時に備えて、一枚だけ入れておいたのだ。

「はい、どうぞ。量は少ないけれど、栄養はあるわ」

リーセリアはレーションを手渡した。
「……」
レオニスはしばらく、手の中のレーションを、警戒するように眺めていたが——
やがて、少しずつ慎重に食べはじめた。
「よく噛(か)んで食べるのよ」
そんなレオニスの様子を微笑(ほほえ)ましく見つめながら、リーセリアは思い出す。
——今から君を、ある場所に送る。そこで、使命を果たしてほしい。
——そこで君は、もう一度、彼と出会うだろう。
(……彼って、きっとこのレオ君のことよね。それじゃあ——)
ロゼリアと名乗る少女は、リーセリアにそう告げた。
——この場所で果たす使命とは、なんだろう?
ともあれ、ひとつわかったことがある。
このレオニスが目の前にいる以上、もう間違いない。
ここは、レオニスの故郷の〈ログナス王国〉。
それも、虚無に呑(の)み込まれる前の——過去の世界だ。
そう、リーセリアは過去へと飛ばされたのだ。
(……信じられないけれど、受け入れるしかないわね)

リーセリアは一度大きく深呼吸して、頭を切り替えることにした。
不死者の身体(からだ)になっても、割とすぐに順応した彼女である。
どんな出来事も、ありのままに受け入れることには自信はあるのだった。
レオニスがレーションを食べきるのを待って、リーセリアは彼の手を取った。
とにかく、彼を放っておくわけにはいかない。
「どこか、雨風のしのげる場所にいきましょう」
言葉は通じないけれど、優しく声をかける。
「……――」
拒否されるかと思ったが、レオニスは意外と素直に立ち上がった。
レーションのおかげが、あるいは、全てがどうでもいいと思っているのか。
虚(うつ)ろな眼差(まなざ)しの少年の手をひいて、リーセリアは歩きはじめた。
（……ロゼリア。あなたは、ここでわたしになにをさせたいの？）

◆

――〈虚無世界〉の空に浮かんだ、逆しまの城。

〈異界の魔王〉アズラ＝イルの居城たる〈次元城〉の内部は、何層にも折り畳まれた異空間であり、その広さは無限に等しい。

ひとたび迷い込めば、脱出することは不可能。

異空間を永遠に彷徨うことになるだろう。

その無限の異空間は今、アズラ＝イルに代わり、新たに城主となった魔王によって、不死者の王国に造り変えられていた。

地平線の彼方まで、骨と死体に埋め尽くされた死の原野。

そのあちこちには、骨の塔が屹立し、死者を目覚めさせる呪詛を振り撒いている。

丘の上に建設された、巨大な髑髏の奇岩城。

永劫の夜に閉ざされた、その異空間を照らすのは、不気味に輝く魔の月だ。

それは、かつて〈不死者の魔王〉の支配した、死の王国によく似ていた。

月明かりの下、〈不死者の魔王〉が丘の上より、王国を睥睨する。

髑髏の眼窩の奥で、紅い眼が光を放つ。

——強大な存在が〈次元城〉に接近している。

それは、彼と同質の魂を持つ存在だ。

その魂を取り込むことが出来れば——

我は完全な〈魔王〉として生まれ変わることだろう。

ゆえに、この手に取り戻さなければならない。

力を、魔力を、もう一人の我の持つ、全てを――

〈不死者の魔王〉は、〈封罪の魔杖（まじょう）〉を月にかかげた。

「――神々ノ眷属（けんぞく）ヨ……死ノ眠リヨリ甦（よみがえ）ルガイイ……」

月の光が、死の原野を照らし――

死せる太古の神々が、次々とその身を起こした。

◆

無数の〈ヴォイド〉と、骨の翼竜が飛び交う空の戦場。

「――〈破竜魔光烈砲（ディ・アルグ・ドラグレイ）〉！」

ズシャアアアアアアアアアッ！

横一文字に放たれた灼熱（しゃくねつ）の閃光（せんこう）が、敵を薙（な）ぎ払い、一気に殲滅（せんめつ）する。

爆散する数百体の〈ヴォイド〉の群れ。

レオニスの〈飛骨魔竜（スカル・ワイヴァーン）〉が何体か巻き添えを喰（く）らい、火の玉となって墜落した。

紅蓮（ぐれん）に燃え上がる空を、我が物顔で飛行する真紅のレッドドラゴン。

〈竜王〉ヴェイラが巨大な翼をはためかせるたび、凄（すさ）まじい突風が大気を切り裂く。
■■■■■■■■■■■■ッッッ――！

超弩級〈グレーター・ヴォイド〉が咆哮し、全身の砲門から閃光を放射した。

だが、〈竜王〉の鱗は、降りそそぐ砲撃の嵐をたやすく弾く。乱反射した閃光が、〈ヴォイド〉の群れとレオニスの〈飛骨魔竜〉を焼き払った。

シギャアアアアアアアッ！

翼を広げて旋回し、〈グレーター・ヴォイド〉の喉笛に噛み付く〈竜王〉。

そのまま、力任せに食い千切り、海に放り捨てた。

高く上がる水柱。噴き出した虚無の瘴気が、血飛沫のようにほとばしる。

更に天高く飛翔すると、のたうつ胴体に炎のブレスを見舞った。

炎が空を焼き尽くし、あたり一帯に陽炎が立ちのぼる。

「……～っ、ヴェイラよ、俺の〈飛骨魔竜〉を壊すな！」

〈エンディミオン〉の甲板上で、レオニスが文句を言うが、無論、聞こえない。

「ほとんど、〈竜王〉だけで壊滅させてしまったな」

海王が肩をすくめて呟いた。

（……お、俺の〈不死騎空軍〉の活躍が……！）

『――魔王戦艦、これより、裂け目に侵入します――』

その時、骸骨兵の声が甲板に響いた。

巨大な虚空の裂け目が、もう眼前に迫りつつある。

『距離三〇、二〇、一〇、接触！』

〈エンディミオン〉の船首が、裂け目の向こう側へ消える。

「……」

ふと、レオニスは振り返り、〈第〇四戦術都市〉を見下ろした。

「どうした、レオニスよ」

「……いや、なんでもない」

声をかけてくる〈海王〉に、苦笑して首を振るレオニス。

（……ふっ、我ながら過保護なものだ。眷属の力を信頼しなくてはな）

……その眷属の魂が、遙か過去へ転移していることなど、知る由もない。

〈エンディミオン〉の船体が裂け目をくぐり、〈虚無世界〉へ侵攻した。

血のように赤い、〈凶星〉と同じ色の空。

眼下には汚泥のような、黒い海がどこまでも広がっている。

海面に蠢いているのは、無数の〈ヴォイド〉の群れだ。

そして、そのおぞましく穢れた海の上に――

巨大な逆しまの城が浮かんでいる。

「――でかいな。俺の〈デス・ホールド〉と同じくらいか」

〈使徒〉の総本山――〈次元城〉。

裂け目の外側の世界から見た姿より、遙かに大きく見える。

「〈異界の魔王〉の城だ。外観などあてにならんぞ」

「わ、わかっている」

憮然として頷くレオニス。

〈次元城〉の中には、無数の折り畳まれた異空間が格納されているのだ。

――一〇〇〇年前、〈魔王〉としてデビューしたばかりのレオニスが、最初の〈魔王会議〉に出席した際、数日ほど中で彷徨い、ヴェイラに揶揄われたのを覚えている。

ゴウッ――と、激しい風鳴りの音が聞こえた。

頭上を振り仰ぐと、翼を広げたヴィエラが魔王戦艦の真上を飛行している。

超弩級〈ヴォイド〉の艦隊を、すべて片付けて来たようだ。

「ヴェイラ、もっと遠くを飛べ！　気流が乱れる！」

レオニスは手摺りに掴まり、大声で怒鳴った。

「あたしの気流に乗せてあげるわ。その船、トロいんだもの」

「余計なお世話だ――わっ！」

ヴェイラが両翼を羽ばたかせた。

強風が巻き起こり、〈エンディミオン〉の船体が激しく揺れる。

手摺りから落ちそうになるレオニスの襟首を、リヴァイズが掴んだ。

上昇気流が生まれ、〈エンディミオン〉の高度が一気に上がる。

「……まったく」

レオニスが苦々しげに呟いた、その時。

『前方の〈次元城〉より、敵影を確認。数は――無数！』

骸骨兵の声が響く。

「ふん、小癪な――」

レオニスは立ち上がると、不敵に嗤った。

「魔導フィールド展開――」

レオニスが〈絶死眼の魔杖〉を振り上げた。

〈エンディミオン〉の尖端を起点に、力場の防御障壁が形成される。

最新鋭艦の〈エンディミオン〉にも、魔導フィールドなどという装置は存在しない。

たんにレオニスが、第六階梯魔術――〈無敵鏡結界〉を唱えただけである。

〈ヴォイド〉の群れが、一斉に砲撃を放った。

空を埋め尽くす無数の閃光は、しかし、レオニスの魔術によって弾かれる。

「お返しよ――〈竜王魔光斬〉！」

ヴェイラが一気に上空へ飛翔し、竜語魔術を唱えた。

空を埋め尽くす大量の光の刃が、〈ヴォイド〉の群れ目がけて降りそそぐ。

「ヴェイラよ、露払いはまかせたぞ」

「誰が露払いよ！」

レオニスは魔杖を振り上げ、声を上げた。

「──総員、奮起せよ。我が魔王戦艦は、これより〈次元城〉へ突貫する！」

◆

「な、なんなんです、あれは……!?」

大通りを走る、〈自走式砲台〉の装甲板の上で──

双眼鏡を覗き込んだレギーナが、愕然と呻く。

それは、敢えて喩えるなら、〈怪獣〉だった。

レギーナが休日に好んでよく観る映画に出てくる、破壊の化身。

全長は、少なくとも五〇メルト以上。

〈セントラル・ガーデン〉のビルを薙ぎ倒しながら、這い寄るように進んでいる。

そのシルエットは不定形で混沌としており、安定していない。

あちこちに腕や脚が現れたかと思うと、泡のように溶けてしまう。

まるで、狂気に陥った芸術家が生み出した、前衛芸術のようだ。

『――目標は〈セントラル・ガーデン〉南南西、市街地に向けて移動中』

シュベルトライテが報告する。

這うような移動のせいか、進行速度は、それほど速くはない。

ただそれは、あのサイズにしては――だ。

交戦状態になれば、〈自走式砲台〉の足では逃げられない。

「セリアお嬢様たち、間に合いますかね……」

レギーナは双眼鏡を下ろし、レオニスに訊ねる。

「――ギリギリ、だと思います」

と、レオニスは真顔で答えた。

「合流して、すぐに離脱すれば、なんとか――」

「……」

あの〈ヴォイド・ロード〉が、〈リニア・ステーション〉の要塞に到達する前に、リーセリアたちと合流しなければならない。

しかし、もしリーセリアたちが、地下で〈ヴォイド〉と交戦状態にあった場合、合流時間に間に合わない可能性がある。

「――とにかく、合流ポイントまで行きましょう」

――と、レギーナが顔を上げた、その時。

リイイイイイイイイイイイッ！

通りの前方で、天を貫くような光の刃（やいば）が、空を奔（はし）るのが見えた。

「……っ、あれは、シャトレス様の〈聖剣〉!?」

——間違いない。

空を斬り裂く光刃は——

レギーナが〈聖剣剣舞祭〉で、身を以（もつ）てその威力を体験した、〈神滅の灼光（ラグナ・ノヴァ）〉だ。

〈自走式砲台（ブラスター・ヴィークル）〉の装甲板の上で立ち上がり、再び双眼鏡を覗（のぞ）き込む。

倍率を最大まで上げると、〈聖剣士〉の部隊が、あの怪獣のような〈ヴォイド・ロード〉を攻撃している姿が見えた。

シャトレスの指揮下にある、〈エリュシオン学院〉の部隊だ。

「な、なにをしてるんです!?」

思わず、レギーナは声を上げた。

たったあれだけの部隊で攻撃をしかけるなんて、無謀すぎる。

事実、シャトレスの最強の〈聖剣〉でさえ、ほとんど効いていないように見える。

攻撃を受けた〈ヴォイド・ロード〉が、ゆっくりと向きを変えた。

同時、〈エリュシオン学院〉の〈聖剣士〉たちは、すばやく後退をはじめる。

それを見て、レギーナはハッとした。

「……まさか、囮(おとり)に？」

〈ヴォイド・ロード〉がゆっくりと巨体を起こし、ビル群に突進した。

ズオオオオオオオオオオオオンッ！

建物が薙(な)ぎ倒され、そこにいた〈聖剣士〉の部隊が呑(の)み込まれる。

「……っ！」

レギーナは拳を強く握った。

「——助けに行きましょう」

「……いいんですか？」

と、レオニスが見上げて訊(たず)ねてくる。

「セリアさん達(たち)と、合流できなくなるかもしれませんよ」

「……」

レギーナは一瞬、躊躇(ちゅうちょ)するように唇を噛(か)み、

「——見過ごすわけにはいかないですよ。もし、セリアお嬢様がここにいたとしたら、きっと、助けに行くと思います」

「……まあ、そうでしょうね」

レオニスは肩をすくめた。

「ライテちゃん、お願いします。全速力で！」

『——了解しました』

〈自走式砲台〉の魔導モーターが唸りを上げ、瓦礫を吹き飛ばした。

◆

倒壊したビルの瓦礫の中から、光の刃が立ち上った。

バターのように斬り裂かれた瓦礫の下から、黄金色の髪の少女が姿を現す。

「——コルト、ルイーザ、生きているか？」

土煙の立ちこめるなか、シャトレスは部隊の仲間の名前を呼んだ。

「ええ、なんとか——」

「姫様もご無事で……」

と、背後で聞こえた青年と少女の返事に、シャトレスは安堵の息を吐く。

「信じられませんね、姫様の最強の〈聖剣〉が効かないなんて」

「——ああ、奴は、〈ヴォイド〉の群体なのかもしれん」

シャトレスは前方を振り向いた。

ビル群を破壊した〈ヴォイド・ロード〉は、再び立ち上がろうとしている。

極彩色の皮膚は混沌として、再生と消滅を繰り返しているようだ。

それは、形ある絶望そのものだった。

「――他の部隊は、撤退できたか」

「はい。何人か、犠牲になりましたが――」

「そうか」

短く頷（うなず）いて、シャトレスは〈神滅の灼光（ラグナ・ノヴァ）〉を構える。

「お前達（まえたち）も、早く行け」

「はあああ？　なに言ってるんですか、姫様」

「あたしたちは、姫様直属の護衛ですよ」

〈聖剣剣舞祭〉でもチームを組んだ二人の部下は、呆（あき）れたように肩をすくめた。

「死ぬときは、姫様と一緒がいいです」

「……お前達。すまない」

シャトレスは唇を噛（か）み、眼前の〈ヴォイド・ロード〉を睨（にら）み据えた。

「ここで、撤退する部隊のための時間を稼ぐ」

「りょーかい！」

「わかりましたっ！」

〈ヴォイド・ロード〉がゆっくりと起き上がった。

地面に投げかけられた影が大きくなる。

「星の意志よ、我が剣となれ――！」

シャトレスの意志に応え、〈聖剣〉――〈神滅の灼光〉が眩い光を放つ。

と、その刹那――

「喰らええええええええええっ――〈超弩級竜雷砲〉！」

ズオオオオオオオオオオオオンッ！

「……なっ⁉」

後方から放たれた眩い閃光が、〈ヴォイド・ロード〉の巨大な足を穿った。

バランスを崩した〈ヴォイド・ロード〉は、その場で轟音と共に崩れ落ちる。

（……今の〈聖剣〉は⁉）

シャトレスが背後を振り向く。と――

「――シャトレス様っ！」

高速で接近してくる〈自走式砲台〉の上で、キャノン砲型の〈聖剣〉を構えた少女が、声を張り上げた。

「……レギーナ⁉　どうして――」

わけがわからず、一瞬、呆然とするシャトレスだが――

ギャリリリリッ、と目の前で〈自走式砲台〉が急ターン。

「――みんな、乗ってください！」

レギーナがシャトレスに手を伸ばした。

「し、しかし……」

躊躇（ちゅうちょ）するシャトレス。

「姫様、天の助けです。乗せてもらいましょう」

「ほら、あれが再生する前に――」

「――わかった」

二人の部下の声に説得されて、シャトレスはレギーナの手を取った。

王族としての責任に、二人を巻き込むのは本意ではない。

引き上げられたシャトレスは、装甲板の手摺（てす）りに掴（つか）まった。

「……すまない。助かった、レギーナ」

「姉さ――」

と、言いかけて、レギーナはあわてて口をつぐむ。

「行きましょう、シャトレス様。ライテちゃん、出してください」

『――定員オーバー。規定違反です』

「固いこと言わないでください。ほら、逃げますよ」

レギーナが屋根を叩（たた）くと、〈自走式砲台〉は急発進した。

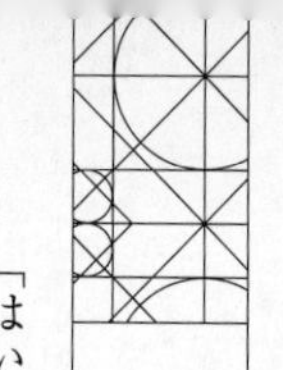

第五章　ロゼリア・イシュタリス

Demon's Sword Master of Excalibur School

「はいはい、今日は雨だから、お勉強の時間よ」

「えー、お外で遊びたいよー」

「セリアお姉ちゃん、トッテがお腹空いたってー」

「だーめ。さっき食べたばかりでしょう」

雨の降る路地で、レオニスと出会って、一週間後。

リーセリアは〈ログナス王国〉の孤児院で生活していた。

あの後、彼女は幼いレオニスを連れて、都市中を歩き回り、二人を受け入れてくれる場所を探したのである。

王国には戦災孤児が溢れているらしく、どこの施設でも受け入れを拒否されたのだが、ちょうど〈聖ティアレス孤児院〉に働き手の空きがあったため、リーセリアが住み込みで働くことを条件に、入居することができたのだった。

（……フレニア孤児院の子供たちより、やんちゃね）

子供たちひとりひとりの頭を撫でながら、リーセリアは胸中で苦笑する。

〈第〇七戦術都市（セヴンス・アサルト・ガーデン）〉のティセラやミレット、リンゼのことが、懐かしく感じられた。

（……って、わたし、すっかり馴染んじゃってるけど！）

ハッと我に返るリーセリア。

自分のことながら、状況の受け入れ力の高さには、驚くばかりだ。

……もちろん、忘れたわけではない。

彼女は〈第〇四戦術都市〉で、フィーネ先輩を救出する途中なのだ。

（……けど、どうすればいいの？）

正直、途方に暮れていた。あのロゼリアと名乗る少女は、使命があると言いながら、なにも教えてくれなかった。

この世界に飛ばされて、すでに一週間が経過している。

元の世界に戻った時、時間はどうなっているのだろう……？

（ここで過ごした時間と、同じ時間が過ぎてる、とは考えにくいわよね……）

……というか、考えたくない。

ここは過去の世界なのだから、同じ時間が経過しているというのはナンセンスだ。

それに、あの時、たしかロゼリアは『時間がない』と口にした。

ここでの時間と同じ時間が過ぎてしまうなら、『時間がない』どころではないはずだ。

（……はあ、わからないことだらけね）

――なんにせよ。

この過去の世界で、彼女の言う、『使命』とやらを果たさなければ、第十八小隊の仲間の待つ〈第〇四戦術都市〉に戻ることはできなさそうだ。

——けれど。使命とは、一体なんのことだろう？

（レオ君とは、ちゃんと出会って、仲良くなることができたけど……）

と、リーセリアは、隣にちょこんと座る少年のほうを見た。

「あ、あの、セリアさん」

リーセリアの制服の袖を掴み、上目遣いに見つめてくるレオニス。

「ん、なに、レオ君？」

「文字の書き取り、できました。ほ、褒めてください……」

頬を赤らめ、小声で呟く。

「あ、ほんとだ。偉いわ、レオ君」

リーセリアはレオニスの頭を優しく撫でる。

（ちょっと、仲良くなりすぎかも？）

あの路地裏で出会って、ほんの一週間で、ものすごく懐かれてしまっている。

「あー、レオのやつ、ずるいー」

「俺もセリアお姉さんに、頭なでてほしいー」

ほかの子供たちが不満の声をあげるが、

「セ、セリアさんは、僕のお姉さんですっ！」

レオニスは独り占めするように、リーセリアの腕をぎゅっと掴んだ。

（……～っ、こ、こっちのレオ君も、すごく可愛い！）

十歳のほうのレオニスは、お年頃なのか、あまり触らせてくれないのである。

（このレオ君、元の世界にお持ち帰りできないかな……）

そんな益体もないことを考えてしまうリーセリアである。

ちなみに、もう言葉は通じるようになった。ここに来てからすぐ、レオニスがぐっすり眠っているあいだに、こっそり血を吸わせてもらったのだ。

その時。

「ログナス王国騎士団長が、討伐遠征から帰還されたぞー！」

と、建物の外で、そんな声が聞こえてきた。

「〈魔王軍〉デルバード将軍を、シャダルク殿が討ち取ったそうだ！」

「おおおおお、騎士団長万歳！」

通りで、大きな歓声が上がる。

「レオ君、〈魔王軍〉って？」

訊ねると、レオニスは暗い表情で俯いた。

「魔王軍は悪い奴等です。僕の村も、〈魔王軍〉に焼かれました」

「……え？」

聞けば、今から二年ほど前に、この世界にゾール＝ヴァディスという〈魔王〉が誕生し、人間の王国に対して侵略戦争を始めたらしい。

この世界にはまだ、〈聖剣〉が存在しない。

また、魔導機器もほとんど発展していないようだ。

魔術は存在するようだが、人間の使える魔術はそれほど強力なものではないため、〈魔王軍〉と戦うのは、もっぱら騎士や兵士たちだということだ。

（〈ヴォイド〉のいない世界は、平和だと思っていたけど――）

……この世界にも、やはり戦いはあるようだ。

レオニスの髪を優しく撫でながら――

（あっちのレオ君たちも、戦っているのかな……）

リーセリアは、〈第〇四戦術都市〉にいる、第十八小隊の仲間と、そして戦いのため、〈虚無世界〉に赴いた、元の世界のレオニスのことを想うのだった。

◆

「……う、ん……」

瞼（まぶた）を開けると、ぼんやりと輝く、ライトグリーンの光が眼（め）に入った。

研究施設などで使われる、一般的な魔力灯の明かりだ。

壁に設置された魔力灯の光量は低く、あたりはほぼ暗闇だった。

冷たい金属の床が、頬（ほお）に触れている。

「……」

はっきりとしない意識の中、エルフィーネはゆっくりと身を起こした。

艶（つや）やかな黒髪が、はらりと肩に落ちかかる。

「……ここは、どこ……?」

頭痛がする。

こめかみを押さえつつ、彼女は現状を把握しようとする。

（……そう、だ。わたし、ディンフロードに、囚（とら）われて……）

記憶が混濁している。

フィレットの研究施設に監禁され、奇妙な三角錐（さんかくすい）の結晶を埋め込まれた。

……そして、それ以降の記憶がない。

ここがどこかもわからないし、それに、この格好——

自身の姿を見下ろすと、着慣れた〈聖剣学院〉の制服ではなく、夜の闇を生地にしたような、漆黒のドレスを着ている。

(――本当に、なんなの?)

困惑の表情を浮かべつつ、ドレスの裾をつまむ。

――と。ふと視線の先で、なにかが一瞬光るのが見えた。

「……?」

暗闇に目をこらすと、その正体に気付く。

〈聖剣学院〉の学生に支給される、イヤリング型の通信端末だ。

そして、見覚えのある白銀の髪が目に入った途端、エルフィーネは叫んでいた。

「――セリア!」

すぐに立ち上がり、瓦礫(がれき)の山を乗り越え、倒れた彼女に駆け寄った。

「セリア、しっかりして、セリア――!」

肩に触れて声をかけるが、意識はないようだ。

嫌な予感を覚えつつ、彼女の制服の袖をまくりあげ、手首を掴(つか)んだ。

冷たかった。まるで死人のように。

脈もない。

「う、そ……」

手首を離し、愕然(がくぜん)と呟(つぶや)く。

……死んでいる。

呼吸はなく、心臓はぴくりとも動いていない。

「そん、な……どう……して……どうして、セリアッ！」

冷たくなったリーセリアの亡骸を抱きしめ、慟哭する。

意識を失った後に、なにが起きたのか？

なぜ、彼女がここにいるのか？

……わからない。けれど——

（きっと、セリアはわたしのために——）

爪が食い込むほど強く、指を握りしめる。

（わたしを助けるために、来てくれた……）

そして、命を落とすことになった。

「……セリ……ア……」

目を覚ますことのないリーセリアの頬に、涙の雫が落ちかかる。

「——安心するといい。その娘は、まだ生きているよ」

——と。

どこからか、声が聞こえた。

「……え？」

透き通った玻璃のような、少女の声が。

ハッとして、あたりをきょろきょろと見回す。

が、暗闇の中には誰の姿も見あたらない。

「――ああ、生きているというと語弊があるのかな。彼女は不死者だから、間違いなく死んではいるのだし、ややこしいね」

微苦笑するようなその声は、頭上から聞こえてきた。

（……上？）

混乱しつつ、顔を上げる。

と、リーセリアの亡骸のちょうど真上の位置に――

羽衣を纏った、美しい少女が浮かんでいた。

「ふああっ⁉」

驚きのあまり、その場に尻餅をつくエルフィーネ。

普段、冷静な彼女が、後輩たちにはあまり見せたことのない姿だ。

「だ、だだ、誰……？」

咄嗟に、護身用の拳銃を抜こうとして――

自分が制服を着ておらず、拳銃などないことに気付く。

息を呑んで、また頭上を見上げる。

その少女は、優しく微笑んで、エルフィーネを見下ろしていた。

夜色の黒髪が、風もないのにふわりとたなびく。

彼女が身に纏うのは、神秘的な紋様の描かれた、見たこともない意匠の衣だ。

咲耶の装束に少し似ている気もするが、〈桜蘭〉のものではない。

仄かな光をたたえた少女は、すっとリーセリアの前に降り立つと、

「――はじめまして、と言うべきかな。ここでは」

エルフィーネに手を差しだした。

「……あ、あなたは――なに？」

と、警戒しつつ、エルフィーネはその少女に尋ねる。

「そんなに怯えないで欲しいな。わたしは――そうだね、〈女神〉とでも呼んでくれ」

「め、女神……？」

尻餅をついたまま、困惑の表情を浮かべるエルフィーネ。

……まったく、想像の外にある返事だった。

まだしも、幽霊だと言われたほうが、腑に落ちただろう。

もっとも、少女のその美貌はたしかに、女神という形容がぴったりかもしれない。

「すまない。虚無に侵蝕されたわたしの欠片が、君の魂を穢してしまったようだ」

「……？」

唐突に謝られて、エルフィーネはますます困惑する。

わたしの欠片――魂を穢した……？

「……あの、一体、なんのこと？」

おそるおそる訊ねると。

女神と名乗る少女は、ああ、そうか、と小声で呟く。

「記憶が失われているんだね」

エルフィーネは息を呑んだ。フィレットの研究施設で、あの漆黒の欠片を埋め込まれてからの記憶がないのは、事実だ。

彼女は指先をおとがいにあて、一瞬迷う素振りを見せてから、口を開く。

「私は君の記憶を戻すことはできるよ」

「……ほ、本当に？」

「容易いことだ。ただ、君はひどく辛い思いをするかもしれない」

女神の声は、真摯にエルフィーネのことを気遣っているように感じられた。

女神を名乗るこの少女が何者なのか、彼女にはわからない。

けれど、少なくとも、害意や敵意のようなものは感じられない。

フィレットの令嬢という立場上、様々な立場の人間を見てきた。

人を見る目には、自信があるつもりだ。

（――なにかするつもりなら、とっくにしているでしょうしね）

それに、この少女は、現状を把握できるかもしれない、唯一の手がかりなのだ。

「あの、お願いします。記憶を、取り戻せるなら」

まっすぐに見つめて、そう言った。

「――そうか、わかったよ」

少女は頷く(うなず)と、指先をすっとエルフィーネの額に伸ばした。

と、彼女の人差し指の先に、光が生まれ――

――記憶の奔流が、一気に頭の中に押し寄せてきた。

ディンフロード・フィレットによって、漆黒の欠片(かけら)を埋め込まれた後、彼女は如何(いか)なる方法か、その身に無数の〈魔剣〉を移植された。

贄(にえ)として捧(ささ)げられた、数十、数百本の〈魔剣〉。

そんなものを体内に取り込めば、どうなるか――

〈魔剣計画(D.project)〉によって〈魔剣〉使いとなった者は、みな精神に異常を来し、侵蝕(しんしょく)が深部に及んだ者は、〈ヴォイド〉の怪物となりはてた。

しかし、エルフィーネは〈魔剣〉をその身に宿してなお、人の姿を保ち続けた。

――〈魔剣〉の女王。

ディンフロードは、娘のことをそう呼んだ。

〈魔剣〉を蒐集(しゅうしゅう)し、〈魔剣使い〉を統率するための兵器。それこそが、人造人間(ホムンクルス)として生み出された、エルフィーネ・フィレットの存在理由だった。

そして、彼女はあの男の傀儡として、リーセリアたちの前に現れ――

そのおぞましい〈魔剣〉を、大切な仲間に向けたのだった。

「……あ、ああ……ああああああああああああっ！」

フラッシュバックする記憶の洪水に、エルフィーネは頭を抱えて叫んだ。

「わ、たしが……わたしが、セリアたちを――」

〈聖剣〉の力で、大切な仲間たちを傷付けた。

明確な殺意を以て、殺そうとしたのだ。

「あ……あ、ああ……ああ、あ……」

頭が痛い。視界が歪む。

途端、猛烈な吐き気がこみあげてきて――

彼女はその場に嘔吐した。

◆

「……そ……んな……わたし……本当に――」

「――すまない。やはり、受け止めるには辛い記憶だったね」

と、女神を名乗る少女が声をかけてくる。

「……いいえ、思い出すことができてよかった」

エルフィーネは唇を噛んで、首を横に振った。

「わたしは、わたしのしたことに向き合わないといけない……」

「あれは、君の意思ではないだろう」

「それでも、わたしの〈聖剣〉が、仲間を傷付けたことに変わりはないから」

エルフィーネは顔を上げ、瓦礫の上に横たわるリーセリアに視線を向けた。

「――あの、それで、リーセリアは……どうして？」

と、そんな疑問を口にする。

〈魔剣の女王〉となった自分はたしかに、リーセリアを傷付けた。

しかし、フラッシュバックした記憶を見る限りでは、リーセリアは、エルフィーネに埋め込まれた虚無の欠片を砕き、彼女を解放してくれたはずだった。

そもそも、この場所は、〈都市統制塔〉の地下エリアではない。

「彼女は意識を失った君を運んで、地上へ向かっていたんだ。部隊の仲間と合流するためにね。その途中で、強大な〈ヴォイド〉と戦闘になった」

少女は屈み込み、リーセリアの白銀の髪に手を触れた。

「――セリアは、死んでないって、言ったわね」

「ああ」

エルフィーネの問いかけに、少女は短く頷くと、

「彼女の魂はいま、別の場所に旅をしているんだ」

「……どういうこと？」

ますます、わけがわからない。

「じきに目を覚ますよ。彼女を信じてあげて」

エルフィーネは、リーセリアの冷たくなった手を握った。

「セリア……」

魂が別の場所に旅をしている。

――その意味はわからない。

けれど、今はこの少女の言葉を信じるしかない。

彼女がエルフィーネの記憶を解き放ってくれたのは、事実なのだ。

「それで、結局、あなたは何者なの？」

と、顔を上げて訊ねる。

「――信じてくれないのかい、〈女神〉だよ」

「そんなことを言われても、女神なんて、よくわからないし」

それに。〈女神〉、という言葉には、個人的に忌避感がある。〈魔剣〉使いになった〈聖

剣士〉の多くが、〈女神〉の声を聞いたと証言しているのだ。

その声の正体はフィレットの人造精霊(アーティフィシャル・エレメンタル)――〈熾天使(セラフィム)〉のものであり、目の前にいるこの少女とは関係ないのだけれど。

すると、少女はふむと頷(うなず)いて、

「それじゃあ、こう言い換えよう。わたしは、君たち人類に〈聖剣〉を与えた存在。星の意志そのもの――と」

「星の意志……?」

「まあ、この通り、今は力を失って、干渉することはできないのだけどね」

少女は足もとの瓦礫(がれき)を拾うしぐさをした。

しかし、その手は瓦礫をすりぬけてしまう。

「……っ、やっぱり、幽霊!?」

エルフィーネの顔がひきつった。

仲間のみんなには秘密にしていることだけど、幽霊の類(たぐい)は苦手なのだ。

「まあ、否定はしないけど……」

少女は巫女(みこ)装束の袖をひらひらと振る。

「こんなに透けてて、恥ずかしい」

「はあ……」

……よくわからない羞恥心だった。

「そうだな。わたしのことは、人の姿をとった〈聖剣〉とでも思ってくれていい」

「……〈聖剣〉？」

「そう、人の姿をした〈聖剣〉」

たしかに、生き物の姿に似た〈聖剣〉は存在する。

フェンリス・エーデルリッツの氷狼（ひょうろう）のようなものだ。

（でも、〈聖剣〉が意志を持って喋（しゃべ）るなんて……）

そんな〈聖剣〉のデータはあっただろうか。

〈天眼の宝珠（アイ・オヴ・ザ・ウイッチ）〉を呼びだして、データベースに照合しようとした、その時。

ゴゴゴゴゴゴゴゴ……！

広大な地下空間が大きく揺れた。

頭上からパラパラと砂礫（されき）が落ちてくる。

エルフィーネは咄嗟（とっさ）に、床に横たわるリーセリアを庇（かば）った。

「途轍（とてつ）もない〈ヴォイド〉が、こっちに近付いてくる」

「……え？」

「ここは危ないな。わたしはともかく、この娘の肉体は無防備だ」

まったく、レオのいない時に、タイミングが悪い——と、小声で呟（つぶや）く。

「この娘を連れて、早く移動したほうがいい。瓦礫の下敷きになれば、この娘の魂が戻れなくなるよ」

「わ、わかったわ――」

エルフィーネは立ち上がり、〈天眼の宝珠〉を呼び出した。

リーセリアの周囲に力場のフィールドを展開し、身体を宙に浮かせる。

「なかなか便利な〈聖剣〉だね」

と、ロゼリアは感心したように呟いた。

◆

「――ライテちゃん、もっとスピード出ないんです?」

『無理です。定員オーバーです』

後ろを振り向きつつ訊ねるレギーナに、シュベルトライテの声が応える。

灰色の空の下、瓦礫まみれの街路を走行する〈自走式砲台〉の背後では、巨大な〈ヴォイド・ロード〉がゆっくりと、身を起こしつつある。

「シャトレス様、一体、あの怪物はなんなんですか?」

〈猛竜砲火〉を構えつつ、レギーナは訊ねた。

「……不明だ。ただ、あれは〈魔力炉〉の中から生まれたようだ」

「〈魔力炉〉……」

レギーナはハッとして、

「あ、あの、それじゃあ、〈魔力炉〉の制圧に向かった〈帝国〉の部隊は――」

「……おそらく、全滅した」

「そんな……」

言葉を失うレギーナ。

……重苦しい沈黙がおとずれる。

「あー、それで姫様」

と、そんな空気を壊すように。

口を開いたのは、シャトレスの部下のコルトだった。

「これから、どうしますかね？」

「オペレーションの続行は不可能だ。全部隊を〈ハイペリオン〉に撤退させる」

シャトレスは厳しい眼差(まなざ)しでそう答える。

「……ですね。ま、さすがに、あんな化け物が出てきたら、ねえ」

後方の〈ヴォイド・ロード〉を振り返りつつ、肩をすくめるコルト。

「〈第〇四戦術都市(フォース・アサルト・ガーデン)〉は放棄し、〈帝都〉の最終防衛ラインで、死守するしかあるまい」

「あの、シャトレス様は……」

と、レギーナが訊(たず)ねる。

「私は――」

シャトレスはふっと微笑してから、答えた。

「私は王族だから、最後まで責任を果たす」

――そう答えることは、わかっていた。

彼女は誰よりも誇り高い、オルティリーゼの騎士だ。

やはり、最後まで戦い抜き、味方部隊が撤退する時間を稼ぐつもりなのだろう。

「すまない、レギーナ。せっかく、命を救ってくれたのに――」

「……」

「そんな顔をするな、べつに死に急いでいるわけじゃない」

シャトレスはレギーナの頭にそっと手をのせた。

「ここから一五キロルほど先に、〈リニア・レール〉のステーションを兼ねた要塞がある。志願する残存部隊で、そこを死守する。こんな市街地で戦うよりはマシなはずだ」

「ま、せいぜい持ちこたえてみせるっすよ」

「第十八小隊が〈都市統制塔(コントロール・タワー)〉を復旧してくれたおかげで、要塞に残された兵器が使用可能です。あの〈ヴォイド・ロード〉だって、倒せるかもしれませんよ」

シャトレスの二人の部下が、つとめて明るい声で言う。

……そんなこと、まるで信じていないのは明らかだった。

とはいえ、あの怪物を迎え討つのにふさわしい場所は、そこしかないだろう。

奇遇にも、リーセリアたちとの合流ポイントだ。

「――レギーナ」

と、シャトレスは頭にのせた手を離し、

「大隊の指揮官として、第十八小隊に特別任務を与える。速やかに〈ハイペリオン〉に帰投し、事態を報告してくれ。これは大切な任務だ」

レギーナはハッと息を呑(の)む。

……その命令の意図は明らかだった。

レギーナたちを守ろうとしているのだ。

「それと、まだシェルターに残っている市民が大勢いる。すべての市民を、とはいかないだろうが、できるだけ避難誘導をしてくれ」

「ちょっと待ってください、わたしも姉さんと――」

――一緒に戦います、と口にしようとした、その時。

「これは、マズイですね――」

じっと後ろを睨(にら)んでいたレオニスが、ぽつりと呟(つぶや)いた。

「……え？」

眉をひそめ、振り向くレギーナ。

と――

はるか後方で、〈ヴォイド・ロード〉の全身が発光していた。

「な、なんです……？」

「〈ヴォイド・ロード〉内部に高エネルギー反応！」

ルイーザが手元の端末を見て叫んだ。

「――これって、〈魔力炉〉と同等のエネルギーです！」

「……なんだと!?」

シャトレスが呻く。

〈ヴォイド・ロード〉の頭部が真一文字に裂け、口が生まれた。

その口腔内に、眼を灼くような眩い光が収束し――

「ライテちゃん、避けて！」

『――無理です』

「ですよね！」

「――まったく、しかたありませんね」

レオニスが、杖を手にして立ち上がった。

「少年？」

「セリアさんを、頼みますよ」

言い残し、走行する〈自走式砲台〉から飛び降りる。

「ちょっと、少年!?」

レギーナはあわてて叫ぶが、レオニスは振り向かない。

「——魔王様、お許しください」

杖の柄で足もとを叩くと、影が地面にぱっと広がった。

その影の中から無数の盾が出現し、レオニスの前方に展開する。

■■■■■■■■■■■■——ッ！

〈ヴォイド・ロード〉の咆哮。

同時、口腔内に溢れる莫大な魔力の光が爆ぜた。

ズオオオオオオオオオオオンッ！

「——レギーナ！」

咄嗟に、シャトレスがレギーナの肩を抱き寄せる。

真っ白な光に塗り潰される視界。

爆風が吹き荒れ、〈自走式砲台〉が地面を跳ねて転がった。

◆

あたりにたちこめる、土埃（つちぼこり）の中――

「……く、う……」

レギーナは呻（うめ）きつつ、立ち上がる。

目の前には、横転した〈自走式砲台（ブラスター・ヴィークル）〉。

そして――

「姉さん！」

額から血を流して倒れる姉の姿に、引き攣（つ）った悲鳴をあげる。

閃光（せんこう）が放たれた瞬間、彼女はレギーナを庇（かば）ったのだ。

「レギーナ、無事、か……」

「……っ！」

シャトレスが喘（あえ）ぐように、声を発した。

「姉さん……」

「私は、いい……二人は――」

「……こっちは無事っすよ、姫様」

「な、なんとか平気ですー」

ひっくり返った〈自走式砲台〉の向こうから、声が返ってくる。

シャトレスたちの無事を確認すると、レギーナは立ち上がった。

立ちこめる土埃のせいで、数メルト先も見通せない。

「――少年！　無事ですか、少年！」

叫びながら、瓦礫に埋め尽くされた地面を駆ける。

（たしか、このあたりに――！）

レオニスの立っていた場所までくると、必死にあたりを見回した。

と――

「……!?」

土煙の中にたたずむ、人影があった。

「……少年！」

安堵して声をかけ、近付くレギーナ。

しかし。そこにいたのは、レオニスではなかった。

（……え？）

瓦礫の中にたたずんでいるのは――

ボロボロのメイド服を着た少女だ。

「え？　だ、誰です……？」

唖然として訊ねる。と、

「……はあ。これは、失態ですね。魔王様に怒られてしまいます」

メイド服の少女が嘆息し、くるっと振り向いた。

髪型をショートボブにした、十三、四歳くらいの可憐な少女だ。

「あれ？　も、もしかして、幽霊少女さんです!?」

眼を見開いて、少女を指差すレギーナ。

フレースヴェルグ寮にいる時、何度かその姿を見たことがあった。

キッチンでお菓子を食べていたり、たまに掃除をしていたり、共有スペースのリビングでくつろいでいる姿も見かけたことがある。寮の外でもまれに目撃されるらしく、謎のメイド少女は〈聖剣学院〉の七不思議になっていたのである。

「ま、まさか、少年の正体が、幽霊少女さんだった……？」

「──違います」

メイド少女はきっぱりと否定する。

「ゆえあって、ここに来る前に化けておりました」

「……はあ」

事態が呑み込めず、曖昧に頷く。

しかし、振り返ってみれば、たしかに──

（……普段の少年とは、ちょっと違いましたね）

反抗期だったり、ドーナツが好物だったりした。

……まあ、本物の少年も、ドーナツは好きだけれど。

「えっと、少年のお友達(ともだち)です？」

「畏れ多いです。わたしは、主様(あるじ)のメイドです」

言って、メイド少女はスカートを翻(ひるがえ)し、レギーナに背を向けた。

その両手には何時(いつ)の間(ま)にか、短刀が握られていた。

「――ここで問答している時間はありません」

「……っ！」

同時、足もとの地面が揺れた。

メイド少女の視線の先――

遥(はる)か遠くで、〈ヴォイド・ロード〉の蠢(うごめ)く気配があった。

「一時的にエネルギーを放出したようですが、またすぐに動き出すでしょう」

「ゆ、幽霊少女さんは、どうするんです？」

「ここはわたしが引き受けますので。離脱してください」

メイド少女は無感情な声で、突き放すように言う。

「そ、そんなの……一緒に逃げましょう！」

「いえ、正直、足手まといです。私は一人で戦うのが得意なので」

レギーナの言葉に、肩をすくめて首を振るメイド少女。

「それに、全員で逃げるのは無理です。あなたもわかっているでしょう」

「それは――」

レギーナは口をつぐんだ。

たしかに、このメイド少女の言う通りだ。

〈ヴォイド・ロード〉の放った、あの閃光。逃げ切れるわけがない。

「ご心配なく。わたしはあなたたちより、強いので。それに、約束はちゃんと守っていただかなくてはなりません」

「約束……」

「おやつのドーナツ、用意しておいてください」

タッ――と地面を蹴って、メイド少女が跳躍する。

「あっ、ちょ、ちょっと!?」

レギーナが声をかける間もなく、彼女は姿を消してしまったのだった。

◆

「――はあ、とんだ失態をしてしまいました」

半壊したビルの上に姿を現したシャーリは、ため息まじりに呟いた。

ボロボロになった、煤だらけのスカートをぱんぱんとはたく。

〈影の王国〉の宝物庫にあった盾のコレクションも、ほとんど壊れてしまった。

あとで魔王様に弁解しなくてはならないだろう。

「……けど、しかたありませんね」

あそこで彼女が守らなければ、みんな消し飛んでいた。

肩をすくめつつ、シャーリは背後に視線を向けた。

〈自走式砲台〉が、全速力でハイウェイを走行していくのが見える。

「――賢明な判断です」

ほっ、と今度は安堵の息を吐く。

あのツインテールのメイドは、主のお気に入りの一人だ。

主からは、眷属だけでなく、部隊の他のメンバーも守るように仰せつかっている。

シャーリとしては、絶対に死なせるわけにはいかない。

「さて――」

――と、シャーリは眼前の化け物に向きなおった。

巨大な極彩色の塊は、蠢きながら、起き上がろうとしている。

「彼女たちが逃げる時間を、稼がなくてはなりませんね――」

タッ――と、シャーリはビルの屋上から飛び立った。

空中でメイド服を脱ぎ捨て、一瞬で殺戮装束(キル・フォーム)に姿を変える。

この〈ヴォイド・ロード〉は、さすがにシャーリの手に負えるものではない。

主の破壊魔術なら消し飛ばせるだろうが、そんな高位の魔術は彼女には使えない。

このタイプの敵は、暗殺を得意とするシャーリにとっては天敵なのだ。

（まあ、やるしかありませんね――）

起き上がりつつある巨大な首めがけ、空中で、〈死蝶刃(レフイスカ)〉を投擲(とうてき)した。

――が、短剣の刃(やいば)は、溶岩のように泡立つ肌に吸収されてしまう。

（……っ、やはり、群体ですか。斬撃は効かないようですね）

あの光の剣の〈聖剣〉も、ほとんど効いている様子がなかった。

しかし、その注意を引くことには成功したようだ。
■■■■■■■■■ッ――！
〈ヴォイド・ロード〉がシャーリめがけて、閃光(せんこう)を放った。

真一文字に薙(な)ぐ閃光が、ビルを貫通する。

ズウウウウウウウンッ――！

「鬼さんこちら、ですよ」

シャーリは、極彩色の混沌（こんとん）の上に、音もなく着地した。

その体表の上で、無数の虚無の化け物の一部が、溶岩のように噴き出している。

「これは……」

〈ヴォイド〉の〈巣（ハイヴ）〉を吸収しながら、移動してきたのだろう。

鞭（むち）のように振り下ろされる触手を、短剣の刃（やいば）で斬り払いつつ、シャーリは駆ける。

（……群体を維持するには、なにか核のようなものがあるかもしれませんね）

〈ヴォイド〉は一〇〇〇年前には存在しなかった、未知の生命体だ。

しかし、その形状から、生体を類推することはできる。

おそらくは、ひとつの核によって維持される、群体生物の一種。

もし、核があるのだとすれば、それを破壊すれば、群体は崩壊するはずだ。

「気は進みませんが、虱潰（しらみつぶ）しですね——」

シャーリが〈死蝶刃（レフィスカ）〉を構えた、その時。

「——ふむ、人間かと思ったが、違うようだな」

「……っ!?」

どこからか、しわがれた男の声がした。

「——〈使徒〉ではないな。太古の魔族か」

どろり、と体表の一部が凝固し、人の姿を形造る。

「……っ！」

咄嗟に、シャーリは人影めがけ、短剣の刃を投げ放った。

〈死蝶刃〉の刃が、人影の胸部を貫通する。

しかし、その人影は、なんの痛痒も感じていないようだ。

「……何者ですか？」

と、シャーリは鋭く問う。

「――何者、か」

呟いて、人影は嗤った――ように見えた。

「あまりに多くの虚無を取り込みすぎた。もう、私が何者なのかもわからぬ。ディンフロードという名があったが、それはもはや何の意味もない、ただの記号だ」

人影が両手を持ち上げた。

直感で危険を感じ、シャーリは跳躍した。

しかし――

脚が、なにかに搦め捕られていた。

（……しまった⁉）

それは、極彩色の体表から現れた、亡者どもの手だ。

「……っ、こ、の……！」

振り払おうと蹴りを放つが、亡者共は次々と増えて、シャーリを引きずり込む。
まるで、底なし沼のように――
（魔王様、申し訳……ありません……――）
最後まで、主のことを想いながら――
シャーリの意識は暗闇の中に消えていった。

第六章　防衛要塞

Demon's Sword Master of Excalibur School

「今日はレオ君の好物の野菜スープよ♪」

「べつに、野菜は好物じゃありませんが……」

よそわれたスープのお椀を手に、レオニスは眉をひそめて、

「けど、セリアさんの作ってくれたものなら、好き……かもしれません」

誰にも聞こえないような小声で呟いて、スープを啜りはじめる。

しかし、リーセリアには、はっきりと聞こえていた。

（……～っ、か、可愛い～～～～♪）

思わず、頭をぽんぽんしてしまう。

「な、なんですか……？」

「ふふ、なんでもないわ」

ほかの子供たちと一緒に、リーセリアも席に着く。

野菜スープは正直、えぐみがあってあまり美味しくない。

この時代の野菜より、〈第〇七戦術都市〉の人工菜園で生産される、品種改良した野菜のほうが美味しく感じてしまうのだった。

(レギーナの作ってくれる特製のオムライスが恋しい……)

一度、子供たちのためにオムライスを作ってあげようとしたのだが、材料が手に入らず、どうにもならなかった。なにしろ、卵がとても高価なのだ。

……とはいえ、なにも食べないわけにはいかない。

リーセリアがこの過去の世界に来て、早くも二週間近くになろうとしている。吸血による魔力補給ができないので、こうして普通の食事をして、どうにか飢えをしのいでいるのだった。

(はあ、レオ君の耳が噛みたい……)

かぷかぷっ。

「ふああっ、な、なにするんですか、セリアさん!?」

「え？　あ、ご、ごめんね！　つい無意識に……」

いつのまにか、横に座るレオニスの耳を、甘噛みしていたようだ。

「痛くなかった？」

「……ええと、少しだけ」

レオニスは憮然とした表情で、リーセリアを睨み、

「まあ、ちょっとくらいならいいですよ。セリアさんなら――」

「ほ、ほんと？」

と、思わず反応してしまうリーセリアだが、
（だ、だめだめっ、このレオ君は普通の子供なんだから……）
ハッと我に返って、ぶんぶん首を横に振る。
莫大(ばくだい)な魔力を持つ、元の世界のレオニスとは違うのだ。
吸血衝動のままに吸っていたら、すぐに衰弱してしまうだろう。
（レオ君……）
リーセリアは窓の外をみつめ、胸中で呟(つぶや)いた。
こんなふうに穏やかな時間を過ごしていることが、心苦しくなる。
一刻も早く、仲間のところに戻りたい。
けれど、この過去の世界から戻る方法は、皆目わからないのだった。
（唯一の手がかりは、レオ君なのよね……）
ここに来てから、ずっと考えていた。
――君は、もう一度、彼と出会うだろう。
彼というのは、この幼いレオニスのことに違いない。
もう一度――と、あの〈女神〉を名乗る少女は、たしかに口にしたのだ。
だとすれば、この世界で果たす使命とは――
レオニスに関わる何かであるはずだ。

（わたしの使命……それって、もしかして――）
と、リーセリアは横に座る幼いレオニスを見て、
（レオ君を、立派な男の子に育てること？）
そんな推測をしてみる。
もし、そうなのだとすれば、一体どれほどの歳月になるのだろう。
（わたしと同じ十五歳まで？　それとも、もっと――）
リーセリアは、じーっとレオニスの横顔を見つめた。
そして、大人になった彼の姿を想像する。
（……大人になったレオ君って、どんな感じなのかな？）
彼女よりも背の高くなった少年の姿を、頭の中で思い描いて――
（……あ、あれ？）
なんとなく、ドキッとしてしまう。
「セリアさん、どうしたんですか？」
「あ、ううん、なんでもないの！」
カアッと顔を赤くしたリーセリアが、あわてて誤魔化(ごまか)した、その時。
ドンドンッ、と建物の扉を強くノックする音が聞こえた。

◆

「あ、お客さんだー」

「――待って、わたしが出るわ」

扉を開けようとする子供たちを制して、リーセリアは椅子から立ち上がった。

〈王都〉とはいえ、このあたりはあまり治安がいいとはいえない。

〈聖剣学院〉の学生があちこちにいる、〈第〇七戦術都市〉とは違うのだ。

警戒しつつ、そっと扉を開けると。

そこにいたのは、数人の〈ログナス王国〉の騎士たちだった。

「……ええっと、な、なにかご用でしょうか？」

戸惑いつつ、先頭にいる年配の騎士に訊ねるリーセリア。

王宮の騎士が、こんな場所に何の用があるのだろう。

「ああ、子供を出せ」

「……？　ど、どういうことですか？」

眉根を寄せ、目の前の騎士を鋭く睨む。

と――

「小娘、お前に用はない。さっさと中に入れろ」

年配の騎士は、リーセリアの肩を強引に押しのけようとする。

「ちょっと、待ってください」

リーセリアは騎士の腕を掴んだ。

「小娘、抵抗する気か……ぬおっ、な、なんだ……この力!?」

「どなたか存じ上げませんが、お引き取りください」

腕に力を込めながら、リーセリアはきっぱりと告げる。

「な、なんだと、我々は王宮の命を受けて――」

騎士が口から泡を飛ばして叫んだ、その時。

「やめよ、子供たちの前だぞ」

扉を囲んだ騎士達の背後で、声がした。

そのひと声に、扉の前にいた騎士たち全員が敬礼し、一斉に道を開ける。

後方から姿を現したのは、白銀の甲冑を身に着けた男だった。

――背の高い、偉丈夫だ。

眩く輝く黄金色の髪を、腰まで伸ばしたその姿は、まるで太陽の化身のようだ。

強い意志を秘めた漆黒の瞳が、リーセリアを見下ろした。

「……!?」

リーセリアは思わず、掴んでいた騎士の腕を放し、その場で固まった。

（……っ、この人、見たことがある！）

——そう、あの地下遺跡のクリスタルに見せられた、膨大なイメージの奔流。

雨の中、路地に座り込むレオニスに手を差し伸べた、黄金色の髪の騎士。

（——あの日、本当は、この人がレオ君と出会うはずだった？）

リーセリアが眼を見開いたまま、立ち尽くしていると、

「——すまない。私の部下が無礼を働いたようだ」

太陽の化身のようなその騎士は、礼儀正しく頭を下げた。

リーセリアはハッとして、息を呑んだ。

「……あの、どなたでしょうか？」

内心の動揺を悟られないよう、落ち着いた声で訊ねる。

「小娘、まさか知らんのか」

年配の騎士が眉を吊り上げた。

「この御方は、栄光ある〈ログナス王国騎士団〉の騎士団長だぞ」

「騎士団長……」

「〈ログナス王国騎士団〉騎士団長——シャダルク・シン・イグニスだ」

目の前の男は、そう名乗ると——

リーセリアの背後にすっと視線を向ける。

その眼が、一人の少年に止まった。

「――その少年、やはり、〈勇者〉の宿星に生まれし者か」

テーブルに座るレオニスをじっと見据えたまま、彼は口を開く。

「……宿星？　勇者？」

わけがわからず、リーセリアが困惑していると、
シャダルクは彼女に向きなおり、

「あの少年を、騎士団に引き取りたい」

と、告げてきた。

「……レオ君を？」

「そうだ。あの少年には〈勇者〉の素質がある。〈魔王〉を倒すには、彼の力が必要だ」

「ま、待ってください！」

リーセリアが声を上げた。

「その、勇者がどうのっていうのはよくわかりませんけど、レオ君はまだ子供です。騎士団にスカウトするなんて――」

「〈勇者〉に年齢は関係ない」

シャダルクは首を横に振った。

「〈魔王〉と戦うのは、〈勇者〉の宿星に生まれた者の使命だ。無論、修行はさせる。この

私が、彼に剣の奥義の全てを教え込む」

「――使命？」

彼の発したその言葉に、リーセリアはハッと眼を見開く。

『――今から君を、ある場所に送る。そこで使命を果たしてほしい』

リーセリアを過去の世界に送り込んだ、〈女神〉の言葉。

その使命とは、もしかして――

（……レオ君に、〈魔王〉を倒させること？）

はたして、そうなんだろうか。しかし――

リーセリアが後ろを振り向くと、

「……」

レオニスは無言で椅子から立ち上がった。

ほかの子供たちは、みな口をつぐんでレオニスを見つめている。

決然とした顔で、彼は扉のほうへ歩いてくると――

まっすぐにシャダルクの顔を見上げ、口を開く。

「僕は、本当に〈勇者〉なんですか？」

「ああ、間違いない。これまで、発見できなかったことを悔いている」

「そうですか。じゃあ――僕は〈魔王〉を倒します」

「レオ君⁉」

「大丈夫です、セリアさん」

レオニスは、リーセリアのほうを向いて、しっかりと頷いた。

「〈魔王〉は、誰かが倒さなきゃいけないんです。僕が本当に〈勇者〉なら、この戦いを終わらせることができるなら、その使命を果たさないと――」

ぎゅっと握ったその拳は、わずかに震えていた。

「勇敢だな。やはり、〈勇者〉の素質がある」

シャダルクは頷くと、リーセリアに視線を移した。

「突然、押しかけた非礼をわびよう。この孤児院には後日、ログナス王国より、相応の保証金が支給されるだろう」

シャダルクはレオニスを見下ろして、手を差し出した。

レオニスはおずおずとした様子で、その手を握る。

「……あの、待ってください」

と、リーセリアは声を上げた。

「なんだ、小娘、いい加減に――」

部下の騎士が苛立たしげに彼女を睨むが、

「――やめろ」

シャダルクは部下を諌めると、肩をすくめた。

「そうだな。子供達との別れの時間くらいは取るべきか」

「違います」

リーセリアは首を横に振った。

「わたしも王国騎士団に入ります」

「……なに？」

「わたしは、レオ君の保護者ですから」

「セリアさん……」

レオニスが眼を見開く。

たとえレオニス自身の意志でも、このまま放っておくわけにはいかない。

（……だってこの人達、レオ君のこと、ただの道具としてしか見てないじゃない）

彼女は見たのだ。あのクリスタルのイメージの中で――

全身血塗れになって、必死に魔物と戦う、まだあどけない少年の姿を。

勇者として、栄光の中で凱旋した少年が――

泥の中で、無数の裏切りの刃に貫かれて殺されるのを。

（わたしが、レオ君を守らないと――）

「ふざけるなよ、小娘。ログナス王国の騎士はそう簡単になれるものでは――」

声を上げる配下の騎士を、シャダルクは手で制した。

「ふむ――」

リーセリアの蒼氷(アイス・ブルー)の眼(め)をじっと見据え、やがて口を開く。

「――一週間後に、王国騎士団の入団試験がある。君がもし合格すれば、まだ幼い勇者を守る専属騎士に任じよう」

「……わかりました。ありがとうございます」

「き、騎士団長？　こんな小娘が、入団試験に合格するなど――」

「見た目で侮らぬことだ。その娘、いい騎士の眼をしている」

告げて、シャダルクはレオニスと共に孤児院から姿を消した。

――その一週間後。

リーセリアは〈聖剣〉を使うまでもなく、入団試験の審査をする騎士たちを、クリスタリアの剣術で全員叩(たた)きのめしたのだった。

◆

ズオオオオオオオオオオオオオオオオオンッ！

轟音と共に、魔王戦艦〈エンディミオン〉の船首が、〈次元城〉の城壁に突っ込んだ。

砕け散った城壁の破片が、次々と真下の海に落下する。

だが、魔王戦艦の船体は〈無敵鏡結界〉で覆われているため、完全に無傷である。

「――突貫とは、また古風な戦い方をするものだな、レオニスよ」

斜めに大きく傾いだ飛行甲板の上で――

斜めの姿勢を維持したまま、〈海王〉は優雅に紅茶のカップを持ち上げる。

「俺の王国――〈第〇七戦術都市〉を壊してくれた意趣返しだ」

レオニスは振り返り、不敵に嗤った。

「それに、この〈次元城〉には、船が停泊する港はあるまい？」

「うむ、それはたしかに」

レオニスは魔杖を振るい、〈無敵鏡結界〉を解除した。

魔力の障壁が消滅し、バランスを崩した船首が大きく傾く。

戦艦の舳先まで歩いて行くと、〈次元城〉の中に目をこらした。

崩落した城壁の先には、更に頑丈そうな壁があった。

「――ハズレか。まあ、あてずっぽうで突っ込んだしな」

レオニスは振り返り、骸骨兵に命令した。

「――主砲発射用意！」

『主砲発射、用意――』

骸骨兵が復唱し、〈エンディミオン〉の三連砲が回転した。

「――撃て！」

レオニスが魔杖を振り下ろすと同時。

ズオンッ、ズオンッ、ズオオオオオオオオンッ！

三連砲が火を噴き、内部の壁を一瞬で破壊する。

「これで見通しがよくなった」

レオニスは満足げに頷くと、〈次元城〉の中にふわりと降り立った。

壁の奥には、かなり広大な空間が広がっているようだ。

立ちこめる土煙の中を、レオニスは無造作に進む。

「マグナス殿、ここは敵地だ。俺が先行して罠を探ってこよう」

足もとの影から、ブラッカスがぬっと姿を現した。

「そうか。では頼んだぞ、ブラッカス」

レオニスが頷くと、ブラッカスは音もなく走り出した。

「ふむ、警戒など不要、敵は正面から叩き潰せばいい、とは言わぬのだな」

背後に降り立ったリヴァイズが、感心したように言う。

「それも悪くないが、みすみす奴の罠にかかるのも業腹なのでな」

「臆病者ね。〈魔王〉なら、罠だろうが、全部踏み潰していくべきよ」

と、人間形態に戻ったヴェイラが瓦礫の上に着地する。

「ヴェイラ、外の蠅どもは片付けて来たのか？」

「あたりまえでしょ、あんな雑魚共」

こともなげに肩をすくめる〈竜王〉。

「――で、どこにいるの？　あたしたちに喧嘩をふっかけてきた親玉は」

「〈魔王〉が待つのは、当然、城の最奥であろう」

レオニスはきっぱりと言った。

「……そうなの？」

「そうだ。それが〈魔王〉の美学だ」

「うむ、そうだな」

と、リヴァイズも頷く。

「よくわからない美学ね。退屈じゃない、そんなの」

「……いや、どちらかと言えば、〈魔王〉のくせに最前線を飛び回る、お前や〈獣王〉のような奴のほうがよほど異端だと思うぞ」

まあ、常にどこにいるかわからない、〈放浪の魔王〉のような奴もいるにはいるが。

（そういえば、ゾール＝ヴァディスも神出鬼没の〈魔王〉であったな……）

いつだったか、勇者になる前のレオニスに、奇襲をしかけてきたことがあった。

と、そんなことを思い出しつつ、レオニスはふと立ち止まり、腕組みして思案する。

「さて、この〈次元城〉、どう攻略するか——」

「片っ端から壊していけばいいじゃない」

「まあ、それも一興だが、この〈次元城〉は、俺が接収して〈魔王軍〉の基地として使うのだ。あまり壊しすぎるのは考えものだな」

「たった今、戦艦を派手に突っ込ませていたような気がするがな」

リヴァイズが不可解そうに首を傾げる。

「——ちょっと、待ちなさい。聞き捨てならないわね」

ヴェイラがレオニスの首根っこをぐいっと掴んだ。

「……っ、な、なんだ？」

「この城はあたしのよ。あんたにあげた覚えはないわ」

「……なにを言うかと思えば、世迷い言を。お前には〈天空城〉があるだろう」

「わかってないようね。いい、レオ？」

ヴェイラは腰に手をあて、呆れたように肩をすくめた。

「〈魔竜山脈〉には、こんな諺があるわ。『天空は全て竜のもの』。つまり、空にあるものは全部、蒼穹の覇者たるドラゴンのものなのよ」

「そんなわけがあるか！」

「ちなみに、こんな諺もあるわ。『地上も全て竜のもの』」

「貪欲すぎるぞ！」

「そうよ、ドラゴンは貪欲なの」

ふっと微笑(ほほえ)んで、ヴェイラは黄金色の目を爛々(らんらん)と輝かせる。

「この世のすべてを支配し、この世のすべてを破壊する幻獣の王。もし手に入らない財宝なら、いっそ壊してしまったほうがマシね」

「……呆れた奴(やつ)だ、まったく」

レオニスは頭を抱えた。

……やはり、〈竜王〉を連れてきたのは間違いだったかもしれない。

「ふむ、この城を海に沈めれば、よい魚礁になるかもしれんな」

〈海王〉のほうは、本気なのか冗談なのか、そんなことを呟(つぶや)いている。

「お前たち、いい加減に――」

と、レオニスが言いかけた、その時。

『――待ちわびたぞ、〈不死者の魔王〉に叛逆(はんぎゃく)する愚か者どもよ』

虚空(こくう)に、殷々(いんいん)と響きわたる声。

途端、あたりの景色がぐにゃりと歪(ゆが)み、まったく別の風景に変化した。

「……これは、〈次元城〉の異空間変異か」

冷静に呟（つぶや）いて、レオニスは周囲を見回した。

そこは――

無数の奇岩のそびえ立つ、溶岩地帯の真（ま）っ只中（ただなか）だった。

ひび割れた地面に灼熱（しゃくねつ）の溶岩が溶け出し、噴出口からは激しい炎が噴き上がる。

「――ほう、この〈次元城〉の秘密をご存じか」

と、いつのまにか――

頭上にたたずむ影ひとつ。

長いあご髭（ひげ）を生やした、礼服姿の紳士だった。

燃えるような赤銅色（しゃくどういろ）の肌に、頭部に生えた巨大な二本の角。

蝙蝠（こうもり）に似た翼を大きく広げ、溶岩地帯に立つレオニスたちを傲然と見下ろしていた。

「なんだ、貴様は？」

レオニスが声をかけると、

「〈使徒〉第十二位――〈業炎の魔神〉デミーラ・ルゴス」

その〈魔神〉は優雅に名乗りを上げると、すっと溶岩の地面に降り立った。

「〈次元城〉の第四異空間――〈獄炎殺界（ヴェルゴヘイム）〉を守護する者なり」

「なるほど、門番というわけか」

「左様――」

〈魔神〉デミーラ・ルゴスは慇懃に、深々と一礼した。

「これより、不遜なる我が主の敵には、消えて頂きたく――」

「第八階梯魔術――〈極大消滅火球〉」

ズオオオオオオオオオオオオオン！

デミーラ・ルゴスは爆散した。

「レオ、いまのはちょっと可哀想じゃない？」

「話くらいは聞いてやってもよかろう」

「くだらぬ余興に付き合っている暇はない」

〈業炎の魔神〉が滅びると同時、〈獄炎殺界〉の異空間が消滅する。

「――待っているがいい、〈不死者の魔王〉よ」

◆

帝国標準時間――一三〇〇。
分厚い雲の垂れ込める灰色の空の下。〈第〇四戦術都市〉第Ⅶエリア西端にある〈第四防衛要塞〉には、〈聖剣士〉の部隊が続々と集結していた。

〈都市統制塔(コントロール・タワー)〉の機能は七割方回復し、要塞の対虚獣兵器はフル稼働している。散発的な襲撃をしかけてくる飛行型〈ヴォイド〉の群れは、高射砲が撃破した。

要塞に集まった〈聖剣士〉は、総勢二八名。

シャトレスは臨時の司令室で、各部隊の隊長と防衛作戦を協議中だ。

『――目標、第Ⅶエリアを西北西へ進行中』

『――現在の進行速度を維持した場合、およそ二〇分後には、ここに到達します』

「……まったく。落ち着いてご飯を食べる時間は、なさそうですね」

監視塔の上で報告を聞きながら、レギーナはサンドイッチを頬張(ほおば)った。

味がしないパンを、ミネラルウォーターで無理矢理(むりやり)流し込む。

彼女の視線の先――

あの巨大な怪物が、ビル群を薙(な)ぎ倒しながら接近してくる様子が見える。

進行速度がそれほど速くないのは、結晶のような〈ヴォイド〉の〈巣(ハイヴ)〉を、取り込みながら移動しているからだ。

そのサイズはすでに、最初に出現した時の二倍近くまで膨れあがっている。このまま成長を続ければ、いずれ〈第〇四戦術都市(フォース・アサルト・ガーデン)〉全体を呑(の)み込んでしまうかもしれない。

「セリアお嬢様……」

レギーナは端末の時計に目を落とした。

メモにあった合流予定時刻は、すでに三〇分も前だ。

地下で迷っているのか、それとも——

最悪の想像を振り払うように、首を振った。

顔を上げ、再び〈ヴォイド・ロード〉の監視に戻る。

（あの娘は、どうなったんでしょうか。無事だといいですけど……）

と、レギーナは名も知らない、あのメイド少女のことを思う。

レギーナたちが、この要塞に撤退する時間を稼いでくれた少女。

彼女がいなければ、今ごろはみんな、あの怪物に呑み込まれていただろう。

あの幽霊少女と話したことはなかったけれど、何度か見かけたことはあった。

よくキッチンに出没するので、ちょっとだけ、親しみを感じていた。

たまにお菓子が減っていたのも、あの娘だったのかもしれない。

（きっと、少年の仲間ですよね……）

彼女がレオニスに化けていたということは、つまり、そういうことだろう。

〈フレースヴェルグ寮〉の玄関前にも、骸骨の姿をしたレオニスの仲間がいて、レギーナも一度、彼らに助けられたことがあった。

——もっとも、レオニス本人は、まだバレていないと思っているようだけれど。

（……それにしても、本物の少年はどこなんでしょうね？）

レギーナは灰色の空を見上げた。

あの〈ヴォイド・ロード〉との戦いには、彼の力が必要なのに——

——と、その時だ。

要塞のゲートの前が、急に騒がしくなった。

振り向けば、ゲート前に一台の大型ヴィークルが停車している。

(……新たに合流した部隊ですかね？)

眉をひそめつつ、様子を眺めていると。

ヴィークルのドアが開き、運転者が姿を現した。

およそ戦場にはそぐわない、闇色のドレスを着た少女——

「——って、フィーネ先輩!?」

◆

昇降機(エレベータ)が来るのも待ちきれず、レギーナは非常階段を駆け下りた。

ツーテールの髪を揺らし、息を切らしながらゲート前へ走る。

「——フィーネ先輩！」

「レギーナ？」

エルフィーネが振り向いて眼(め)を見開く。

「フィーネ……先輩っ――」

その顔を見て、すぐにわかった。

フィレットの研究施設に現れたときの彼女とは、違う。

「先輩……元に、戻ってくれた……んです、ね……よかった……」

エルフィーネの目の前まで来ると、レギーナは涙ぐんだ。

なにがあったのかは、わからない。

けれど、大好きな先輩が戻って来た――それだけで十分だった。

「……ごめんなさい、レギーナ。本当に、ごめんね……」

エルフィーネは嗚咽(おえつ)しながら、レギーナを強く抱きしめた。

「セリアが、わたしを救ってくれたのよ」

「セリアお嬢様が……」

レギーナは涙を拭い、ハッと顔を上げた。

きょろきょろとあたりを見回して――

「あ、あの、セリアお嬢様は……？」

彼女がここにいるということは、当然、一緒にいるはずだ。

……しかし、その姿は見あたらない。

「こっちよ――」

エルフィーネは後ろを振り向いた。

ゲート前に停車してある大型ヴィークルのところへ足を向ける。

後ろのドアを開けると、リーセリアは後部座席に横たわっていた。

「お嬢様――って、寝てるんです？」

レギーナが拍子抜けしたように訊ねると、

「〈聖剣〉の力を使い過ぎてしまったの。わたしを救うために――」

「そうでしたか……」

――〈聖剣〉は精神の力を消耗する。

力を使い過ぎれば、倒れてしまうのも無理はない。

「お嬢様――」

レギーナは、眠るリーセリアの手をそっと握る。

「……？　あれ、なんだか、すごく冷たいですけど、これ大丈夫です？」

「え、ええ……」

不安になって聞くと、エルフィーネはあわてた様子で頷いた。

「大丈夫、ぐっすり眠っているだけよ。バイタルはわたしの〈天眼の宝珠〉でチェックしているから、安心して。冷たいのは、ちょっと空調が強すぎて――」

「……ああ、そうですか」

ほっと安堵するレギーナ。

じつのところ、リーセリアの身体が冷たくなるのは、割とよくあることではあった。

原因はよくわからないが、彼女の〈聖剣〉が関係しているのかもしれない。

（――血を使う剣だから、反作用で体温が下がるとか？）

「とにかく、今はゆっくり眠らせてあげましょう」

「……はい」

レギーナは頷いて、

「――そういえば、咲耶は？」

と、もう一人、一緒にいるはずの仲間の姿を探す。

エルフィーネは表情を曇らせた。

「咲耶は、わたしが目を覚ます前に、途中でいなくなってしまったようなの。〈天眼の宝珠〉であたりを探してみたけど、見つからなくて――」

「……それは、心配ですね」

放浪癖のある咲耶だが、この状況でリーセリアとエルフィーネを残して、勝手にどこかへ行ってしまうとは思えない。

きっと、二人を守る為に囮になってくれたのだろう。

「……まあ、咲耶なら大丈夫でしょう。咲耶ですし」

「ええ、咲耶だものね」

と、エルフィーネも納得して頷く。

二人とも、あのマイペースな剣客少女の強さを信頼しているのだった。

「ひとまず、セリアお嬢様を救護室に運びましょう。いろいろ積もる話もありますけど、今、結構な緊急事態になってまして——」

「そのようね——」

エルフィーネは、要塞の中を駆け回る〈聖剣士〉たちを一瞥して——

それから、遥か遠くの空に目を向けた。

不気味に蠢く、極彩色の巨大な怪物が、ゆっくりと移動している。

「〈セントラル・ガーデン〉の〈魔力炉〉に出現した〈ヴォイド・ロード〉です。先行した制圧部隊は全滅。〈ヴォイド〉の〈巣〉を取り込みながら、ここへ向かってます」

「……——」

エルフィーネは、その怪物の姿をじっと睨むように見据えていた。

「……フィーネ先輩？」

「そう。あなたもフィンゼルと同じ、虚無に呑まれたのね——」

ぽつり、と呟いて、彼女はそっと哀しげに目を伏せた。

「——ディンフロード。これが、あなたのしたかったことなの？」

◆

（未来視から外れることは、わたしの望むところではあるけれど——）

ベッドに横たわって眠る、リーセリアの隣で——

〈叛逆の女神〉はひとり、ため息を零した。

（これは、少し困ったことになってしまったね）

要塞の救護室。

先ほどから人の出入りはそれなりにあるものの、場違いな装いの〈女神〉の姿を見とがめる者はいない。

今の彼女の姿は、普通の人間には見えないはずだ。

ロゼリアはリーセリアの額に、そっと触れようとした。

しかし、その手は肉体をすり抜けてしまう。

（やはり、一度剥離した魂は、〈不死者〉の肉体に戻れない、か——）

それは、リーセリアの魂が因果の極点に旅立っている間、ロゼリアが器の身を守護することができない、ということだ。

(――魂が戻ってくるまで、この娘は無防備だ)

〈光の神々(ルミナス・パワーズ)〉の一柱である彼女は、世界に直接干渉することはできない。

器の持つ〈聖剣〉の力がなければ、今の彼女は虚無の脅威に対して無力だ。

もうひとつ、深刻なのは、リーセリアの肉体のタイムリミットだった。

本来、ロゼリアの魂が入っているはずの彼女の肉体は、空っぽの器になってしまった。

今はまだ、彼女自身の魔力によって維持されているが、魂が戻らぬまま、魔力が枯渇すれば、不死者の肉体は崩壊してしまう。

(あと、数時間程度は保(も)つはずだけど……)

それまでに、リーセリアは使命を果たし、戻ってくることができるだろうか。

彼女が因果の極点に存在できる時間は、そう長くない。

主観時間で、せいぜい数十日程度だろうか――

極点で過ごす時間が長引くほどに、この世界に戻る時間の振れ幅も大きくなる。

(――すまない。リーセリア・クリスタリア)

と、眠るリーセリアのそばで、ロゼリアは呟(つぶや)く。

(まだ十五歳の君に、あまりに重すぎる運命を背負わせてしまった……)

――けれど。これは、彼女にしかできないこと。

彼女が使命を果たせなければ――

レオニスは、〈虚無世界〉で目覚めた、もう一人の〈不死者の魔王〉には勝てない。

ズウウウウウウウウウウウウンッ！

——と。

轟音と共に、要塞が激しく揺れ、救護室の照明が明滅した。

（来たようだね、虚無の怪物——）

◆

「たああああああっ！」

叫び、勢いよく振り下ろしたレオニスの木剣を、

「——まだまだっ、踏み込みが甘いわ！」

リーセリアは軽々といなし、打ちはらう。

「うああっ……」

木剣を手放したレオニスは、走り込んだ勢いのまま地面を転がった。

「くっ……」

「レオ君、大丈夫？　怪我してない？」

「へ、平気です……」

レオニスは木剣を握り直し、気丈に立ち上がる。

「そう、レオ君は強い子ね」

微笑んで頭を撫でると、レオニスは恥ずかしそうにうつむいた。

「今日はここまでにしましょう。お勉強もしないとね」

「……はい、セリアさん」

王宮の敷地内にある訓練場を出て――

リーセリアとレオニスは、二人の住む屋敷に戻る。

二階建ての瀟洒な屋敷は、あの騎士団長が特別に宛がってくれたもので、以前、貴族が使っていた、王宮内の別荘だったらしい。

その古めかしい外観は、どことなく〈フレースヴェルグ寮〉を想起させた。

王宮騎士団の入団試験に合格し、約束通りレオニス専属の護衛騎士となったリーセリアは、保護者として、この屋敷に一緒に住んでいるのだった。

「レオ君、どんどん成長してるわね。この調子なら、すぐにわたしより強くなるわ」

制服の上着を脱ぎながら、リーセリアは微笑みかける。

実際、ここ数週間で、レオニスはかなり剣の実力をつけていた。

シャダルクが言うには、それこそが、神々の祝福を受けた〈勇者〉の素質らしい。

成長といえば、ここのところ、急に大人びてきたような気がする。

（……どうしてかしら？）

「まだまだですよ。もっと強くなって、僕がセリアさんを守れるように——わ！」

リーセリアが、背後からレオニスの服を掴んだ。

「はい、両手を挙げて♪」

「あ、あの、セリアさん……」

と、レオニスは顔を赤くして振り向く。

「ん、どうしたの？」

「ぼ、僕、もう子供じゃないですし、お風呂くらい、一人で入れます」

「なに言ってるの。七歳は子供よ、ほら——」

「……〜っ！」

手慣れた様子で服を脱がせると、リーセリアはレオニスをバスルームに入れる。

リーセリア自身も、シャツを脱いで着替え籠に放り込んだ。

この時代には、シャワーも温水を出す魔導機器もないので、冷たい水風呂だ。

それでも、ちゃんとしたお風呂があるのはありがたい。

シャンプーもないので、桶の中で石鹸をよく泡立てる。

濡れ鼠になったレオニスは、リーセリアのなすがままだ。

「じ、自分で洗えますよ……」

「だーめ。お姉さんに任せなさい」

「ふわああっ！」

レオニスの全身は、たちまち泡だらけになった。

（レオ君も最初のころは、一緒にお風呂入るの恥ずかしがってたわね……）

と、そんなことを思い出して――

「……――」

ふと、背中を洗う手が止まる。

（……レオ君、今ごろどうしてるかな）

〈第〇四戦術都市（フォース・アサルト・ガーデン）〉の上空に現れた、虚無の裂け目の向こう側で――

今も戦っているのだろうか？

それに、レギーナ、咲耶（さくや）、エルフィーネは無事なのか――

そんな物思いに耽（ふけ）っていると。

「……セリアさん？」

レオニスが振り向いて、怪訝（けげん）そうにリーセリアの顔を覗（のぞ）き込んだ。

「あ、ごめんね。ちょっと、考えごとしちゃってて……」

「あの、前から、気になっていたんですけど――」

と、レオニスは一瞬、口をつぐんで――

やがて、ぽつりと口を開いた。

「セリアさん、時々、寂しそうな顔してるなって」

「……」

「もしかして、セリアさんの故郷は、どこか遠くにあるんですか？」

レオニスの眼が、リーセリアをまっすぐに見つめてくる。

真摯に、リーセリアのことを心配している眼だった。

「……え、ええっと」

ほんの一瞬、誤魔化そうと思った。けれど——

彼に嘘をつくのは、なんだか嫌だった。

「レオ君。あのね——」

泡だったスポンジを握る手に、ぎゅっと力を込める。

「わたしが、この世界の人間じゃないって言ったら、驚く……かな？」

「……！」

レオニスは一瞬、眼を大きく見開いて、

「……なんとなく、そんな気はしてました」

「信じてくれるの？」

「——はい」

レオニスはこくっと頷いた。

「あの雨の日、セリアさんと出会ったあの時、思ったんです。死ぬ前に、僕の前に女神様が降りてきてくれたんだって。えっと、そのくらい、綺麗だったから——」

カアッと頬を赤くして、うつむき加減になって、呟く。

「それに、孤児院にいるときも、いつもどこか遠くを見ている気がして。だから、もしかしたらって、思ってました。本当に、女神様なんじゃないかって——」

「……そっか」

リーセリアは苦笑して、レオニスの頭にぽんと手をのせた。

「でも、わたしは、女神様なんかじゃないよ」

「……そうなんですか？」

リーセリアはこくっと頷いて、

「わたしはね、こことはちょっとだけ違う世界から来たの」

またレオニスの髪を洗いはじめる。

「違う世界……」

「その世界には、魔物や〈魔王〉はいないけど、その代わりに〈ヴォイド〉っていう恐ろしい怪物がいて、世界を滅ぼそうとしているの。

わたしは、その〈ヴォイド〉をやっつける騎士で、仲間と一緒に〈ヴォイド〉と戦っている途中、この世界に飛ばされてしまったの――」

「仲間……」

「――うん、大切な仲間」

「だから、いつも寂しそうな顔をしてたんですね――」

「……うん」

リーセリアは頷いて、レオニスの顔をじっと見つめた。

「……？」

「その世界にはね、レオ君にそっくりな男の子がいたんだ」

「ぼ、僕にそっくりな……？」

レオニスは複雑な表情をした。

「ふふ、レオ君みたいに、とっても強い子だよ」

「そ、そうですか……」

なぜか、不機嫌そうに頬を膨らませるレオニスだった。

「あの、元の世界に戻ることは、できるんですか？」

「……それは、わからない」

リーセリアは首を横に振る。

「戻るためには、ここで、何かをしなければならないらしくて――」

それが、この世界の〈魔王〉を倒すことなのか。

……確証はない。けれど、今のところ考えられるのは、それくらいしかない。

「……そうですか」

レオニスはほんの一瞬。寂しそうな表情をして——

それから顔を上げた。

「大丈夫です。いつかきっと、セリアさんが戻れる方法を探してあげますよ」

「——うん。ありがとう、レオ君」

リーセリアが微笑むと、レオニスは赤くなって眼を逸らした。

「あ、そういえば——」

と、レオニスは思い出したように言った。

「騎士団長が今度、僕を遠征に連れていくって——」

「遠征？」

「はい。果ての山脈を越えて、伝説の大賢者、アラキール・デグラジオス様を探しに行くそうです。それで、僕も一緒にって——」

「ちょ、ちょっと待って、遠征なんて、まだ危険よ」

リーセリアはむっと眉根を寄せた。

この王国を一歩外に出れば、荒野には魔物が闊歩しているのだ。

脅威的な成長をしているとはいえ、まだ子供のレオニスを連れて行くには早すぎる。

「大丈夫ですよ。騎士団長に、あのログナス三勇士も同行するそうです」

「でも……」

リーセリアは思案する。

〈勇者〉の素質は、成長するものではなく、戦いの中で覚醒するもの。

――とは、シャダルクの言だ。おそらく、レオニスを戦場に連れ出し、〈勇者〉として覚醒させるのが、彼の本当の目的なのだろう。

（――わたしが、レオ君を守らないと）

レオニスの小さな肩に触れ、リーセリアはあらためて決心するのだった。

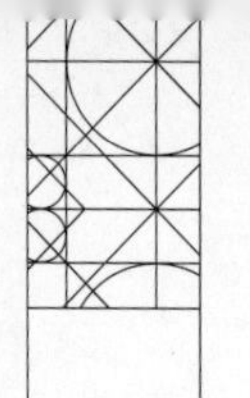

第七章　託された願い

「――ゾール＝ヴァディスは、元は人間の〈勇者〉であった」

――〈ログナス王国〉北方、果ての山脈。

灰色の空の下。総勢三〇人の部隊が、峻険な岩山を行軍していた。

部隊を指揮するのは、王宮騎士団長のシャダルク。果ての山脈に隠遁する、大賢者アラキール＝デグラジオスを迎え入れるために組織された遠征部隊だ。

「〈魔王〉が、〈勇者〉だったんですか？」

「そうだ。しかし、奴は魔導の闇に魅了され、堕落した」

訊ねるレオニスに、ローブを纏った老人が頷く。

宮廷魔導師ネフィスガル。音に聞こえた〈ログナス三勇士〉のリーダーだ。

「魔導の道は常に闇に通じておる。気をつけることだ」

「は、はい……」

「ハハハ、ネフィスガル殿、心配しすぎですぞ」

「左様、レオニス君のような心根の良い〈勇者〉が、〈魔王〉になどなりますまい」

前を歩く二人の騎士が豪快に笑った。

同じく、〈ログナス三勇士〉のアミラスとドルオーグだ。

（この三人、最初から骨じゃなかったのね……）

背後を歩くリーセリアはそんな感想を抱く。

生前のアミラスとドルオーグは、なかなか男前のようだ。

……ネフィスガルは、骸骨のときとあまり印象が変わらないけれど――

――と、先頭を歩く、騎士の集団が突然、足を止めた。

「――魔物の気配だ、待ち伏せされている！」

シャダルクのよく通る声が、岩山に響きわたった。

「レオ君――」

リーセリアは腰の剣を抜き、レオニスを背後に庇った。

〈ログナス三勇士〉も、それぞれ武器を抜き放つ。

殺気。濃密な死の気配があたりに満ち、荷運びの馬たちが怯えだした。

「セリアさん……」

「――大丈夫、レオ君はわたしが守るから」

と、不安そうなレオニスに微笑みかけるリーセリア。

「シャダルク殿、これは――」

ネフィスガルが息を呑んだ。

「ああ、我々のルートが〈魔王軍〉に漏れていたようだな」

頷いて、シャダルクは視線を周囲に向ける。

突然、あたりの岩が隆起して、岩石の巨人が次々と現れた。

「……シャダルク殿、岩が!?」

「──〈岩石魔神〉か。強敵だな」

「ああ、このあたりに出没するような魔物ではないはずだ」

「よお、てめえが〈剣王〉──シャダルク・シン・イグニスか?」

崖の上から声が聞こえた。

見上げると──

漆黒の甲冑を着た大柄な人影が、岩の巨人に囲まれた部隊を見下ろしていた。

獅子の鬣を持つ、獣人族の戦士だ。

「お前は、まさか──〈四魔将〉の!?」

「おうよ、魔王軍〈四魔将〉が一人、〈獣魔将軍〉バルザード＝ヘルビースト」

獣人族の戦士は巨大な斧を片手に、不敵に笑った。

「〈剣王〉シャダルク、貴様の首を貰い受けに来たぜっ!」

ドンッ、と地鳴りのような音をたて、獣魔将軍が跳んだ。

真下のシャダルクめがけ、斧を振り下ろす。

「……っ！」

その一撃を、シャダルクは剣の腹で受け止めた。

ズオオオオオオオオオオンッ！

凄まじい衝撃波が発生し、地面にクレーターが生まれる。

（……ちょ、ちょっと⁉）

咄嗟に、リーセリアはレオニスを庇った。

爆風が吹き荒れ、無数の石礫が背中を激しく打つ。

「セリアさん！」

「レオ君……怪我は、ない……？」

リーセリアはくっと唇を噛み、立ち上がった。

「バルザードは俺が相手をする。君はレオニスを連れて、この場を離れろ！」

シャダルクが声を張り上げた。

リーセリアは頷くと、レオニスの手をひいて走り出す。

「こっちよ、レオ君！」

「は、はい！」

足手まといになるとわかったのだろう。レオニスは素直に従った。

レオニスの手をとったまま、岩山の斜面を必死に駆け下りる。

背後で派手な轟音が鳴り響いた。

ネフィスガルが破壊魔術を放ったのだろうか。

……気がかりだが、振り返りはしない。ひたすら走り続ける。

「――その子供が〈勇者〉の星に生まれし者か」

「……っ⁉」

――と、不意に。二人の前に人影が現れた。

髑髏を模した仮面を着けた、ローブ姿の男。

――否、仮面ではなく、それが男の素顔なのか。

なんにせよ、ここに現れる者が、ただの通りすがりの人間であるわけがない。

「……っ、はあああああああっ！」

躊躇せず、リーセリアは剣を一閃した。

――が、その刃がローブに触れた途端。

リーセリアの身体は吹き飛ばされた。

「……あ、ぐ……――」

「この闇の衣は、生きていてな。自身の意志で主を守るのだ」

ローブ姿の男が口を開く。

「セリアさん！」

「だ、め……レオ君――！」

駆け寄ろうとするレオニスに、リーセリアは必死で首を振る。

「ほう、人間風情が、しぶといではないか」

感心したように呟く、仮面の男。

「……っ、う……」

リーセリアはよろめきつつも、立ち上がる。

（……傷の回復が遅い。レオ君の血を吸っていないから……）

リーセリアは目の前の仮面の男を睨んだ。

ただ者ではない。

「あなたは、〈魔王軍〉の幹部？」

――問う。

少しでも、時間を稼ぐために――

「いいや――」

と、仮面の男は面白そうに答えた。

「我は〈魔王〉――ゾール＝ヴァディス」

「なっ⁉」

リーセリアは眼を見開く。

「……〈魔王〉!?」

「〈魔王〉が居城の最奥にいなければならない、というわけでもあるまい」

〈魔王〉――ゾール＝ヴァディスを名乗る男は、悠然と歩いてくる。

（う、嘘……！）

こんな場所に、〈魔王〉がいるはずがない。

そうは思うものの、否定しきれない。

なぜなら、仮面の男の放つプレッシャーは――

先ほどの〈獣魔将軍〉よりも遥かに大きい。

（ヴェイラさんほどじゃ、ないけど――）

ちら、と後ろを振り向くと、レオニスは剣を手に、気丈に立っていた。

リーセリアを守る気でいるのだ。

「――セリアさんは、僕が守る！」

「勇敢だな。幼子でも〈勇者〉の星は厄介だ。それは我自身がよく知っている」

「レオ君、下がって！」

リーセリアは立ち上がり、ゾール＝ヴァディスを睨んだ。

「武器もなしに、この我を倒すというのか」

「武器なら、ここにあるわ――」

リーセリアは胸もとに手をあてた。

「聖剣〈誓約の魔血剣〉(ブラッディ・ソード)――アクティベート」

光の粒子が収束し、リーセリアの手に〈聖剣〉が顕現した。

「ほう、物質創造の魔術か？」

「違うわ」

〈誓約の魔血剣〉を構え、リーセリアは首を横に振る。

「これは、星が人類の為(ため)にあたえた――〈聖剣〉よ！」

◆

「――〈爆裂閃乱砲〉(ベルゼ・ファルガ)！」

ズオオオオオオオオオオンッ！

破壊の閃光(せんこう)が吹き荒れ、守護者の〈使徒〉もろとも、第八異空間が消滅した。

あたりの景色が歪(ゆが)み、元の〈次元城〉のホールに戻る。

「――いい加減、飽きてきたな」

レオニスは苛立(いらだ)たしげに、魔杖(まじょう)の柄を地面に叩(たた)きつけた。

〈次元城〉の内部は、幾層にも折り重なった異空間で構成されている。

進めども進めども、次々と守護者の〈使徒〉が現れ、足を止められるのだった。

「いっそ、まとめてかかってきて欲しいわね」

腰に手をあて、肩をすくめるヴェイラ。

「複数の異空間を同時に生み出すと、相互に干渉して消滅してしまうからな」

「マグナス殿――」

偵察に出ていたブラッカスが、足もとの影よりぬっと顔を出した。

「城の中を探ってみたが、蛻の殻だった。何者の気配もなく、かえって不気味なほどだ」

「だろうな。この城そのものは、外観だけの代物に過ぎぬということだ。おそらく、〈不死者の魔王〉は、異空間のどこかに本拠を構えている」

「ふむ、奴めは隠れているのか？　意外と臆病なのだな」

と、リヴァイズが言う。

「そうではあるまい。俺には奴の考えがよくわかる」

レオニスは皮肉げに口もとを歪めた。

「おそらく、城を訪れた客人をもてなそうとしているのだ」

その時、また、空間が歪みはじめた。

〈次元城〉の広間が、無限の彼方へ引き伸ばされて――

「今度は、どんな空間に飛ばされるのかしら？」

と、次の瞬間。〈魔王〉たちの眼前に現れたのは――

これまでの異空間とは、比較にならないほど広大な場所だった。

地平線の彼方まで続く荒野を、無数の死者の骨が埋め尽くしている。

杭のように屹立する、骨の尖塔。

夜空に浮かぶ青白い月が、地上を冴え冴えと照らし出す。

「ふーん。これまでの異空間とは、少し違うみたいね。〈冥界〉ってとこかしら？」

言って、ヴェイラは足もとの白骨を踏み砕いた。

「……いや、〈冥界〉ではない。ここは――」

はるか彼方を睨み据え、レオニスは確信を抱く。

あたりに満ち満ちた濃密な死の気配が、ひどく懐かしい。

視線の先には、丘陵に聳え立つ、巨大な城があった。

「――ここは、〈死都〉の死の荒野だ」

レオニスが口にすると、足もとの白骨がカタカタと嗤った。

「〈死都〉――一〇〇〇年前に滅びた、汝の王国か」

「ああ、偽物だが、なかなか俺好みの世界を作り上げたものだ」

「――ってことは、つまり、ここは――」

「――ああ、奴の世界だ」

と、頷いたのと同時。

轟音と共に、骨の大地が次々と隆起をはじめた。

「マグナス殿、これは――」

「慌てるな。ここが死の大地ならば、当然、死者が蘇るのも道理だ」
■■■■■■■■■■ッッッ――！
無数の骨の下から現れたのは、腐肉を纏った巨人たちだ。

――否、ただの巨人ではない。頭上に輝く光輪が浮かんでいた。

「〈亜神〉――〈光の神々〉の眷属か？」

リヴァイズがわずかに眼を見開く。

〈亜神〉とは、〈光の神々〉が、その手で直接生み出した、従属神の総称だ。

おそらく、レオニスが過去に征伐した〈亜神〉の亡骸だろう。

だとすれば――

「先ほどの〈使徒〉どもより、よほど手強いぞ」

骨の大地より、続々と現れる〈亜神〉の〈ヴォイド〉。

その姿は千差万別だ。

「あれは〈百面の神〉、蛇の姿をした奴は〈愛欲の女神〉、ひときわでかいのは、おそらく〈暴虐の破壊神〉か？　あれは、ボルド諸島を滅ぼした〈海神〉だろうな――」

レオニスが魔杖の尖端で指しつつ、懐かしげに呟く。

「……レオ、どれだけ神を滅ぼしてるのよ」

「向こうが仕掛けて来たのだ、しかたあるまい」

と、嘯くレオニス。

甦る〈亜神〉の数は、数十体以上に及ぶ。

そのすべてが、さすがに、この数の〈亜神〉というわけではないのだろうが。

「しかし、レオニスが滅ぼした〈亜神〉は面倒だな」

神々の眷属の中には、レオニスに〈魔剣〉を抜かせた強敵もいる。まともに相手をすれば、〈不死者の魔王〉と戦う前に魔力が尽きかねない。

「レオニス、ここは我に任せよ」

と、リヴァイズが無表情に言って、前に進み出た。

「〈海王〉よ、どういう風の吹き回しだ？」

「なに、宿を貸して貰った礼だ。それに、神の眷属は好かぬ」

リヴァイズが真上に手を振り上げ、呪文を唱える。

夜空に巨大な魔術方陣が生まれ、死の大地を眩く照らし出した。

「凍える魂よ、永久の宮殿に、眠れ――〈絶対氷河結界〉」

――第十一階梯の超高位魔術。

魔力の永久氷河が、死の大地ごと、〈亜神〉たちを凍りつかせる。

（……っ、やはり、最も敵に回したくない〈魔王〉だな）

リヴァイアサンを得て完全体となった彼女には、レオニスも勝てる気がしない。

以前、戦った時は、アズラ＝イルの〈聖剣〉によって操られていたため、本来の力を発揮できていなかったのだろう。

――とはいえ、強大な神々の眷属はまだまだ甦ってくる。

「――〈海王〉よ、ここは任せたぞ」

「うむ、疾く行くがよい」

振り向かずに答えるリヴァイズ。その手には、いつのまにか氷槍を掴んでいる。

ヴェイラが真紅のドラゴンに姿を変えた。

「乗りなさい、レオ――」

レオニスは、浮遊の魔術でヴェイラの背に飛び乗った。

ヴェイラは両翼を広げると、丘陵に聳え立つ城めがけ、一気に飛翔する。

〈不死者の魔王〉の居城――〈デス・ホールド〉へ。

◆

『――目標、〈ケイオス・ヴォイド〉、第一防衛ラインに到達！』

『対虚獣誘導弾、全弾発射！』

鳴り響くサイレンの音。

防衛要塞の迎撃システムがフル稼働し、接近してくる巨大な怪物に火力を叩き込む。

ズオオオオオオオオオオオオオンッ！

『全弾命中、目標、移動速度の低下を確認！』

『すぐに再生するぞ、撃ち続けて足を止めろ！』

〈ケイオス・ヴォイド〉と命名された極彩色の混沌は、市街地の建物を巻き込みながらのたうち回り、ゆっくりと這い進んでくる。

その表面では、混沌に取り込まれた無数の〈ヴォイド〉が、沸騰する溶岩のように現れては消滅し、断末魔の叫びを響かせる。

「……っ、一応効いてはいるようですけど、足止めにしかなりませんね」

「ええ――」

要塞の監視塔。〈猛竜砲火〉を構えたレギーナの隣で、エルフィーネが頷く。

広域破壊力型の〈聖剣〉による攻撃も、決定打にはなりえない。少しでも進軍を止めるため、交代で飽和攻撃を続けるしかない。

『――目標内部に、高エネルギー反応！』

〈ケイオス・ヴォイド〉が発光し、その全身から閃光(せんこう)を放射状に放つ。

リイイイイイイイイイッ――！

「〈聖剣〉形態変換(モード・シフト)――〈霊光魔鏡(リフレクト・フィールド)〉！」

エルフィーネが手を前に突き出した。

三機の〈天眼の宝珠(アイ・オヴ・ザ・ウイッチ)〉が呼び出され、力場の障壁を形成する。

放たれた閃光は反射してゲート前の〈ヴォイド〉を焼き払った。

「先輩、〈聖剣〉が進化したんですか⁉」

レギーナが驚きの声を上げる。

「ええ、皮肉なものね。リーセリアたちとの戦闘が、〈宝珠〉の進化をうながした――」

エルフィーネは首を横に振る。

〈天眼の宝珠〉は解き放たれ、〈霊光魔鏡〉が消滅する。

「……けど、こんなの、いつまでももたないわ」

〈聖剣士〉の疲労を考えた場合、足止めできるのは、せいぜい二〇分程度。ほかの部隊や市民が撤退を完了するには、まだ時間がかかる。

海域に展開した〈ヴォイド〉の群れは、戦艦への撤退を妨害するだろう。

「目標は、無数の〈ヴォイド〉の集合体。移動する〈巣(ハイヴ)〉のようなものよ」

エルフィーネは〈天眼の宝珠〉に接続した端末を、必死に操作する。

端末の中では、彼女の精霊〈ケット・シー〉がせわしなく動き回っている。

「あの混沌（こんとん）のどこかに、中心となる核があるはず――」

「……核？」

「ディンフロード・フィレットよ」

エルフィーネは、その名を無感情に呟（つぶや）いた。

「最初に核となった〈ヴォイド〉を破壊できれば、〈ケイオス・ヴォイド〉は崩壊して、生命としての形を保てなくなるはずだけど――」

収縮を繰り返し、巨人の形に戻ろうとする混沌を見つめて呟く。

たった一人の男の妄執の産物を――

「あれを完全に殲滅（せんめつ）するには、核を見つけ出して破壊しないといけないわ」

あるいは、超高火力で仕留めるか、だ。

しかし、〈ヴォイド〉の〈巣〉を取り込んで、あれほどまでに巨大になってしまった現状では、それは不可能だ。

「核の場所は、わかるんですか？」

「ディンフロードの固有パターンの解析（アナライズ）は完了しているわ。ただ――」

と、エルフィーネは厳しい眼差（まなざ）しを、〈ケイオス・ヴォイド〉に向ける。

「核は〈ケイオス・ヴォイド〉の体内で、常に移動を続けているの」

「それは厄介ですね……」

「──ええ」

レギーナは唇を噛む。

核の位置座標を正確に把握し、破壊するのは至難の業だ。

「でも、やるしかないわね。レギーナ、力を貸して──」

◆

真紅のドラゴンが、死の大地の上を飛翔する。

「──相変わらず、悪趣味な城ね」

「……余計なお世話だ」

言い返しつつ、レオニスは丘陵に聳える〈デス・ホールド〉の威容に見下ろした。

円塔のような城砦の最上部で、二つの巨大な髑髏が地上を睥睨している。

（……敢えて、俺の〈王国〉を模した場所で迎え討つか）

それは、己こそが真の〈不死者の魔王〉であるという、意思の表明なのか──

（……まあ、どちらが〈魔王〉らしいかと聞かれれば、それは奴のほうだろうな）

と、子供になった自身の姿を見下ろして、レオニスはそんなことを思う。

「──レオ、いたわ」

ヴェイラが声を発した。

竜の背鰭に掴まったまま、レオニスは眼をこらした。

「……!?」

──と、視線の先。

〈デス・ホールド〉の巨大なバルコニーの中央に立つ、人影が見えた。

漆黒のローブと甲冑に身を包んだ、髑髏の王。

〈不死者の魔王〉──レオニス・デス・マグナスの姿が。

「──ようやく会えたな、もう一人の俺よ」

レオニスは不敵に嗤い、〈絶死眼の魔杖〉を構えた。

「第十階梯魔術──〈闇獄爆裂光〉!」

唱えたのは、最高位の極大破壊魔術。

──同時。

「愚者よ、我が咆哮を聞け──〈覇竜魔光烈砲〉!」

〈竜王〉も顎門を開き、〈デス・ホールド〉めがけて、真紅の閃光を放った。

ズオオオオオオオオオンッ!

爆風と熱波が吹き荒れ、闇に包まれた死の大地を赤く染めあげる。

しかし――

「……っ、無傷、か――」

レオニスは舌打ちした。

〈不死者の魔王〉の展開した魔力障壁が、破壊の力を無効化したのだ。

挨拶代わりの攻撃とはいえ、〈魔王〉二人の魔術を同時に防がれた。

「――化け物め。魔術戦では、奴(やつ)に分があるか」

「望むところよ、ドラゴンの王の力を見せてあげるわ！」

ヴェイラが咆哮する。

〈デス・ホールド〉の上空を旋回し、バルコニーめがけて急降下する。

ドラゴン種族の鱗(うろこ)には、強力な対魔術効果がある。

最強の〈竜王〉に対して、魔術戦を挑むのはかなり不利になるはずだ。

風を切り裂いて、〈デス・ホールド〉へ肉薄する真紅のドラゴン。

――と、レオニスはふと嫌な予感を覚えた。

あの要塞が、〈デス・ホールド〉を模しているのであれば――

「待て、ヴェイラ――！」

警告の声を発した、瞬間。

〈デス・ホールド〉最上部にある、巨大な髑髏の彫像がぐるりと回転した。

「避け──」

二つの髑髏像の顎門が開き、眩い閃光が放たれた。

リイイイイイイイイイイイッ────！

空を縦断する閃光が、〈竜王〉の翼をにあたって弾ける。

「痛あっ──レオ、なによあれっ！」

「〈龍神〉と〈竜王〉の急襲に対応するために設営した、〈デス・ホールド〉の対空防衛システムだ。まさか、あんなものまで再現しているとは──」

「なんで、あたしにまで対応してるのよ！」

「念のためだ。来るぞっ──」

急旋回するヴェイラを追尾するように、二基の髑髏が回転する。

第十階梯魔術にも匹敵する熱閃が、縦横無尽に空を薙ぐ。

「──っ、面倒ね。まずは、あれを粉砕してやるわ！」

ヴェイラが怒りに背鰭を逆立てた。

「ああ、そうだな──」

レオニスが魔杖を構え、呪文を唱えようとした、その時だ。

ゴゴゴゴゴゴゴゴゴゴ……！

死の大地が震動し、激しい土煙が上がった。

背部が二つに割れ、巨大な二本のクローが出現する。更に、死の大地に埋もれた地下から、六本のクローが現れ、蜘蛛のような巨大な脚を形成した。

「……なんだと!?」

「化け物に変形したわよ、あんな機能まであるの!?」

「俺は知らんぞ――」

空を突くような巨大な腕が、振り下ろされた。

ズオオオオオオオオオオオオンッ！

大地が割れ、死の大地に埋もれた白骨が宙を舞う。

「……っ、奴め、〈デス・ホールド〉をゴーレム化したのか」

途方もない魔力だ。これほどの規模のゴーレムを生み出し、維持するとは。

「レオ、どうするのよ、これ――」

「ヴェイラ、このデカブツは任せたぞ！」

レオニスは立ち上がると、眼窩の〈不死者の魔王〉を睨み据えた。

「……なっ、レオ!?」

「行くぞ、ブラッカス！」

「――心得た」

影の中から飛び出したブラッカスが、レオニス専用の〈黒帝狼影鎧〉に姿を変える。

〈絶死眼の魔杖〉を手に、レオニスは真下へ飛び込んだ。

『――〈ケイオス・ヴォイド〉、巨人形態に変化――』

『第一防衛ライン、突破されました――!』

砲撃音の響く中、混沌の巨人が市街地を這い進む。要塞に立て籠もる部隊の攻撃は、絶え間なく続いているが、もはや足止めすることもおぼつかない。

「フィーネ先輩、ここはもうダメです。第二防衛ラインまで撤退しましょう」

端末を睨むエルフィーネに、レギーナが声をかける。

「待って、もう少し……」

端末の画面を食い入るように見つめ、エルフィーネは〈天眼の宝珠〉に同調する。

八機の〈天眼の宝珠〉を同時に展開するのは、凄まじい精神力を消耗する。

エルフィーネの顔は血色を失い、蒼白だった。

(……どこにいるの、ディンフロード)

しかし、〈ケイオス・ヴォイド〉の核は発見できない。

それは、氾濫する川の中で、一粒の砂を見つけるのに等しい。

地鳴りが近付いてくる。

「……っ！」

エルフィーネは端末の電源を落とし、目を閉じた。

「フィーネ先輩？」

「……——」

解析（アナライズ）専用の端末だが、これを介していては遅すぎる。

全神経を〈天眼の宝珠〉に集中する。

〈ケイオス・ヴォイド〉の上空を飛び回る光球が、強く輝く。

〈……どこにいるの、ディンフロード〉

〈天眼の宝珠〉の送り込んでくる情報を、直接脳にフィードバックする。

〈仮想量子都市（アストラル・ガーデン）〉に潜るイメージだ。

本来、そんなことをすれば、精神が先に焼き切れてしまうだろう。

一機、二機程度の情報ならまだしも、最大の八機だ。

「……っ、う……——」

激しい頭痛に襲われ、全身に汗が噴き出した。

意識を保つことができるのは、せいぜい数分程度だろう。
「……先輩……イーネ先輩――！」
砲撃の音も、レギーナの声も遠くに聞こえる。
それに反して、全身の感度は研ぎ澄まされていく。
〈天眼の宝珠(アイ・オヴ・ザ・ウイッチ)〉と一体化する感覚だ。
あのおぞましい、虚無の混沌(こんとん)の中を泳ぐ自分をイメージする。
それは、端末に表示される数値よりも、はるかにリアルだ。
「――姿を現しなさい、ディンフロード！」
声にならない声で叫んだ、その時。
（……!?）
流転する混沌の中に、かすかな光を見つけた。
（あれ、は――？）
それは、エルフィーネによく似た顔立ちの、少女だった。
両手で膝を抱えて蹲(うずくま)るその少女は、混沌の海に揺蕩(たゆた)っている。
（……違う、わたしじゃない――）
――フィリア・フィレット。
エルフィーネに遺伝子を与えた、母親の姿。

そして。不定形の泥がその球体を守っている。

（――見つけた！）

あれが、〈ケイオス・ヴォイド〉に形を与えた、ディンフロードの意志だ。

水面から顔を出すように、エルフィーネは浮上した。

「レギーナ、見つけたわ！」

八機の〈天眼の宝珠〉が、〈ケイオス・ヴォイド〉に閃光（せんこう）を放った。

しかし、〈魔閃雷光（レイ・オヴ・ヴォーパル）〉の火力だけでは、その内部までは貫けない。

これは、あくまで照準だ。

「そこですねっ――〈超弩級竜雷砲（ドラゴン・スレイヤー）〉！」

同時、レギーナが最大威力の火砲を放つ。

ズオオオオオオオオオオオオオン！

轟音（ごうおん）。凄（すさ）まじい閃光が、起き上がる巨人の胸部に大穴をぶち開けた。

〈ケイオス・ヴォイド〉の蠢動（しゅんどう）が一瞬、停止する。

「や、やりましたか!?」

「……――」

しかし、動きを止めたのはほんの一瞬。

〈ケイオス・ヴォイド〉は再び蠢動を開始する。

「――っ、逃げられた!?」

エルフィーネは唇を噛んだ。

攻撃を察知されたのか――

■■■■■■■■■■■■■■■ッ――!

〈ケイオス・ヴォイド〉が咆哮する。

振り上げた巨人の腕が、ゲートを破壊し、虚無の混沌が津波のように押し寄せる。

「――フィーネ先輩!」

氾濫する川のごとく、なだれ込んでくる虚無の混沌。

と、その刹那――

虚空に奔った一条の雷光が――

まるで、海を割るかの如く。

眼前に迫った〈ヴォイド〉の奔流を斬り裂いた。

「え……?」

唖然とする二人の目の前に、タッと白装束の少女が降り立った。

ひと振りの刀を手にした、青髪の剣士が。

「――お待たせ、先輩」

「――咲耶!」

◆

「――一人の人間の妄執が、虚無の怪物を生み出した」

激しい砲撃音の鳴り響く、防衛要塞の塔の上――

押し寄せる〈ケイオス・ヴォイド〉を見下ろして、ロゼリアは呟いた。

無数の〈ヴォイド〉の集合体。

その中心に存在するのは、たった一人の人間――否、人間であったものだ。

強烈な意志の力――それこそが、人間種族の持つ力。彼女が人類に与えた〈聖剣〉は、
そんな、人間の持つ意志の力に、形を与えたにすぎない。

「――その意志の力だけが、唯一、虚無を消し去ることができる」

視線の先、三人の〈聖剣〉使いの少女たちが、虚無に立ち向かっている。

「あの娘はもしや、〈鬼神王〉の血統か――」

刀の〈聖剣〉を手にした青髪の少女を見て、女神はふと気付く。

八人の〈魔王〉の一人――〈鬼神王〉ディゾルフ＝ゾーア。

かのオーガ族の〈魔王〉は、人間の姫を攫い、大勢の子を孕ませた。

〈魔王〉の血を引く民の子孫が、七〇〇年前の〈虚無転界〉を生き延びて、この世界で虚

無と戦っている。

（──あるいは、あの娘もまた、〈魔王〉の因子の持ち主なのか）

──〈魔王〉とは、運命に抗う力を有した存在だ。

だとすれば、〈鬼神王〉を祖先に持つあの娘もまた、運命に抗う因子を、ほんのわずかにせよ、持っているのかもしれない。

（〈魔王〉といえば──）

と、ロゼリアは、塔の魔力供給口のそばで眠る少女に目を向ける。

「──シュベルトライテ。君とこういう形で再会するとは、思わなかったね」

超古代文明の遺した七体の戦姫の一体──〈機神〉シュベルトライテ。

魂を持たぬゆえ、虚無に侵蝕されることのない〈機神〉を、〈虚無世界〉に眠る〈不死者の魔王〉の守護者に任じた。

〈不死者の魔王〉の魂が、虚無に蝕まれる運命を変えることはできなかったが、しかし、本来、あの遺跡で消滅するはずだった〈機神〉は、こうして人類と共にある。

「……ママー？」

ふと、シュベルトライテは目を開けて、あたりを見回した。

「……いや、ママではないよ？」

ロゼリアは眉をひそめつつ、こんどは空の亀裂に視線を向けた。

絶望の未来は、ほんの少しずつだけ、変わりはじめた。

ならば――

（――頼んだよ、レオニス。そして、リーセリア・クリスタリア）

◆

「――〈聖剣〉だと？　その禍々しい血の剣が？」

言って、〈魔王〉は、顕現した〈誓約の魔血剣〉を、興味深そうに眺めた。

「そうよ、人類に与えられた星の力。魂の形――」

リーセリアは〈聖剣〉の刃を自身の肩にあて、地面に血を滴らせる。

零れ落ちた血の一滴一滴が、鋭い紅刃に変化した。

「……セリアさん、それは⁉」

「――隠してて、ごめんね。これが、わたしの本当の武器なの」

背後で驚くレオニスにそう答え、リーセリアは〈誓約の魔血剣〉を構える。

全身を魔力の粒子が覆い、純白のドレス――〈銀麗の天魔〉を身に纏った。

そして――

「はああああっ！」

地を蹴ると同時、一気に魔力を解放した。

「血刃よ、乱れ舞え――〈血華螺旋剣舞〉！」

虚空を舞う、無数の真紅の斬閃が、〈魔王〉を縦横無尽に斬り刻む。

――が、しかし。〈聖剣〉の刃は、〈魔王〉のローブを斬り裂いたのみ。

漆黒の甲冑に覆われた本体は無傷だった。

「……っ！」

「ほう、我が〈魔蝕の外套〉を破壊するとは。面白いぞ、人間！」

仮面の下で、ゾール＝ヴァディスが哄笑を上げる。

――と、次の瞬間。〈魔王〉の手に、身の丈ほどもある大剣が現れた。

鋸のような刃を持つ、禍々しい片刃の剣。

「伝説級の武器〈暴食〉――振るうのは、久々だ」

喜悦の声を洩らし、〈魔王〉は無造作に大剣を振り下ろした。

ズンッ――と、衝撃が地面を断ち割った。

咄嗟に、リーセリアは飛び退くが――

斬撃の衝撃波が、不可視の刃となって襲ってくる。

「くっ――！」

血の刃による自動防御が発動、リーセリアの身を守る。

が、すべてを受けきることはできなかった。

血の刃が硝子のように砕け散り、〈銀麗の天魔〉の肩口が切断される。

「なるほど、鎧も兼ねているのか、その剣は――」

眼前に〈魔王〉が迫る。

――疾い。大剣を片腕で軽々と持ち上げ、真上から振り下ろしてくる。

リーセリアは全身の魔力を放出。かろうじて、刃を受け止めた。

「なかなか愉しませてくれる。我が〈勇者〉であった頃を思い出すぞ！」

二合、三合と打ち下ろされる刃を、リーセリアは必死に受け止める。

（……完全に遊ばれてる、けど――）

侮られているのなら、それは好機だ。

後方に跳躍して間合いを取りつつ、呪文を発動。

「――〈影縛り〉」

〈魔王〉の脚に、彼自身の影が絡み付く。

シャーリに教わった、影の魔術。

「ほう、影人の魔術を使うか、小癪な――」

あっさりと、影の鎖を破壊する〈魔王〉。

――だが、その一瞬の足止めで十分だった。

〈誓約の魔血剣(ブラッディ・ソード)〉を両手に持ち替え、頭上に掲げる。

その真紅の刀身に、紅蓮(ぐれん)の炎が宿った。

この〈魔王〉に通用する、彼女の切り札——

「なんだと⁉」

ゾール＝ヴァディスが、初めて動揺の様子を見せた。

「焼き尽くせ、獄炎の血竜よ——〈血華炎竜王咆(フレイミング・ハウル)〉！」

「ぐ、おおおおおおおおおおおおおおおおっ！」

激しく燃え盛る〈竜王〉の血が、〈魔王〉の全身を呑(の)み込む。

「レオ君、今のうちに——」

と、リーセリアが振り向いた、瞬間。

ズンッ——！

炎の中から現れた大剣が、リーセリアの心臓を貫いた。

「……く……う……！」

〈魔王〉の剣——〈暴食〉の刃(やいば)の切っ先が、リーセリアの胸から突き出している。

「驚いたぞ。人間如(ごと)きが、あれほどの炎を召喚するとは——」

ゾール＝ヴァディスが〈暴食〉の刃を引き抜くと、リーセリアの身体(からだ)は鮮血をほとばしらせ、地面に転がった。

「なかなか、愉しませてもらったぞ」

絶命した少女に一瞥をくれ、〈魔王〉はレオニスのほうへ向きなおる。

「セリア……さん、そ……んな……！」

眼を見開き、絶望の表情を浮かべる少年。

「──さて、目的を果たすとしようか」

ゾール＝ヴァディスは、血に塗れた大剣を持ち上げ、ゆっくりと彼に歩み寄る。

「……あ、あ……あああ、あ……ああああああああああっ！」

その時、レオニスの全身に、輝くオーラが立ち上った。

「──ほう」

「……よくも、よくもセリアさんを……許さない、許さない、許さないっ！」

剣を振り上げ、雄叫びを上げて斬りかかる。

がむしゃらに振り下ろされる斬撃を、しかし、〈魔王〉は指先のみで受け止めた。

「〈勇者〉の覇気か。末恐ろしい──」

呟いて、軽く剣を振るうと、レオニスの身体は吹き飛んだ。

地面を跳ね、仰向けに倒れる。

「その剣が、せめて伝説級の武器であれば、傷くらいは付けられたかもしれんな」

「……よ、くも……セ、リアさん、を──」

少年の手が、むなしく空を掴み、やがて力を失った。

すでに致命傷だった。溢れ出した血が、地面に吸い込まれてゆく。

「幼くとも、やはり〈勇者〉の星に生まれし者、脅威となる芽は摘んでおかねばならぬ」

ゾール＝ヴァディスの手に、闇の炎が生まれた。

――と、次の瞬間。

「――な……に……!?」

〈魔王〉が驚愕の声を上げる。

ゾール＝ヴァディスの首を、背後から、〈聖剣〉の刃が貫いていた。

「レオ君は――わたしが、守る……！」

「……っ、ありえぬ、心臓を貫いたはず――」

振り向くと――

禍々しく輝く、真紅の瞳と眼が合った。

――と、そこでようやく、〈魔王〉は彼女の正体に気付く。

「まさか、〈不死者〉の上位種だと!?」

「――〈血華炎竜王咆〉！」

リーセリアは、〈聖剣〉の刃に〈竜の血〉の炎を纏わせた。

そして――

「くっ、おおおおおおおおおおおおおおおおおおっ！」

ゾール＝ヴァディスの体内に、直接、燃え盛る〈竜の血〉を流し込む――！

「レオ君……！」

血だまりに沈むレオニスを抱きかかえると、影渡りの魔術で距離を取った。

純白のドレスが、あっというまに血の色に染まる。

ネフィスガルは、治癒魔術を使えたはずだ。しかし――

（……っ、だめ、それじゃ、間に合わない！）

身体（からだ）がだんだん冷たくなっている。少年の命は、風前の灯火（ともしび）だ。

考えている時間はなかった。

リーセリアは、彼の首筋に牙を突き立てた。

「――吸血で力を取り戻すか。無駄なことを」

背後で、ゾール＝ヴァディスの嘲笑（あざわら）う声が聞こえた。

……違う。魔力を宿した彼女の血を、彼に分け与えているのだ。

〈第〇三戦術都市（サード・アサルト・ガーデン）〉で、瀕死（ひんし）のレオニスに血を与えたように。

（レオ君、お願い……――）

◆

「――貴様の余興に乗る気はないぞ、〈不死者の魔王〉よ」
機動要塞と化した〈デス・ホールド〉のバルコニーに――
漆黒の鎧を身に纏ったレオニスが飛び降りた。
着地と同時、手にした〈絶死眼の魔杖〉を〈不死者の魔王〉へ投擲する。
さすがに意表を突かれたようだ。
髑髏の表情は読み取れぬものの、その気配が伝わった。
（――砕けよ！）
レオニスが指を鳴らした、瞬間。
ズオオオオオオオオオオオオオオンッ！
〈絶死眼の魔杖〉が砕け、青白い爆光が闇を塗り潰した。
あらかじめ込めておいた第十階梯魔術――〈極大抹消咒〉。
杖は壊れてしまうが、高位魔術を即座に発動することができる。
（貴重な伝説の杖だが、どのみちガゾスに折られていたのだ、惜しくはない――）
〈デス・ホールド〉の外壁に使われている石材には、高い魔術耐性が付与されている。
しかし、第十階梯の抹消呪文の威力には到底、耐えられるはずもなく――
半径数十メルトもある、巨大なバルコニーが崩壊する。

「第八階梯・重力系統――〈極大重波〉！」

レオニスは立て続けに魔術を詠唱。虚空で膨れ上がった重力球が、〈不死者の魔王〉を呑み込み、〈デス・ホールド〉の内部へ強制的に落下させる。

（――重力球の効果は、魔力障壁では防げまい）

墜落する〈不死者の魔王〉を追って、レオニスは城の中へ飛び込んだ。

数秒間の自由落下の後、床に着地する。

（ここは、玉座の間か――？）

〈不死者の魔王〉の君臨する、〈デス・ホールド〉の中心核だ。

しかし、レオニスの知る〈玉座の間〉とは、構造がまるで違う。

〈デス・ホールド〉の中心を無造作にくり抜いたような、広大な空間だった。

「〈死都〉の荒野を再現したかと思えば、中身はがらんどうか――」

レオニスは闇の奥へ声をかける。

と、ホールの壁面に魔導の炎が一斉に灯り、あたりを照らし出した。

ローブを纏った〈不死者の魔王〉が、フロアの中央に支配者然としてたたずむ。

骨の隙間から溢れ出す、虚無の瘴気。

髑髏の眼下の奥で、真紅の眼が禍々しく輝く。

「――不完全ナル……我ガ……魂ノ片割レヨ……――」

地の底から響くような声で――

「我ガモノト、ナレ――……」

〈不死者の魔王〉が虚空へ手を伸ばし、〈封罪の魔杖〉を召喚した。

「――少しは、言葉が達者になったようだな。驚いたぞ」

レオニスは床をトンと蹴り、影の中から〈魔王殺しの武器〉を取り出す。

量産した殲魔剣、〈ゾルグスター・メゼキス〉の複製。

所蔵する武器の中で、〈魔王〉に対しては、これが最も有効だ。

「第七階梯魔術――〈絶死招来〉」

「……っ！」

〈不死者の魔王〉が呪文を唱えた。

〈封罪の魔杖〉の宝球が輝き、死の霧が放射状に爆散する。

効果範囲内の生命体すべてを即死させる魔術。

人間の肉体を得たレオニスにとっては、致命的な呪文だ。

「第五階梯魔術――〈極大魔嵐〉」

ゴオオオオオオオオオオオオオオオッ！

フロアに吹き荒れる魔風の嵐が、死の霧を吹き散らす。

〈不死者の魔王〉に対し、魔力で劣るレオニスだが、呪文の相性しだいでは、低位の魔術でも十分対抗できる。

同時、レオニスは床を蹴りつけ、嵐の中に身を投じた。

逆巻く風が、レオニスの小柄な身体を一気に押し上げる。

「第六階梯魔術――〈炎獄魔殺剣〉！」

ゾルグスター・メゼキスの刀身に、青白い焔が宿った。

〈不死者〉に対して最も効果的な、火の魔術だ。

「おおおおおおおおおっ！」

獄炎を纏う剣の刃を、〈不死者の魔王〉の真上から振り下ろす。

ギイイイイイイイイインッ！

渾身の力を込めた一撃を、〈不死者の魔王〉は魔杖の柄で受け止めた。

「まだまだっ――！」

小柄な身体を生かし、素早く剣戟を繰り出す。

刀身に宿る炎が、〈不死者の魔王〉のローブを燃え上がらせた。

もとより、レオニスには白兵戦のプランしかない。

全盛期の自分自身と、魔術の打ち合いになれば、圧倒的に不利だ。

無論、レオニスの子供の身体も、剣を振るうには向いていないが、そこは戦友の〈黒帝・狼影鎧〉がアシストしてくれる。

――一方、〈不死者の魔王〉には、ブラッカスという無二の戦友がいない。

漆黒の甲冑は、〈神話級〉の逸品だろうが、〈黒帝狼影鎧〉には遠く及ぶまい。

炎の剣を振るい、レオニスは果敢に攻める。

超至近距離では、〈闇獄爆裂光〉のような極大呪文は使いにくい。

自身も巻き込まれる上、同時に魔力障壁を展開することができないからだ。

(――貴様の苦手な戦い方は、よく知っているぞ)

レオニスは皮肉に口もとを歪めた。

過去のレオニスが最も苦手とした敵が、純粋な戦士タイプだった。

六英雄の〈剣聖〉シャダルクには、何度も殺された苦い経験がある。

鳴り響く剣戟。

魔杖と剣が打ち合う度、闇の中に火花が散る。

「痴れ者がっ、その〈魔剣〉は、貴様が手にしていいものではないぞ――!」

刃を激しく撃ち込みながら、レオニスは苛立たしげに叫んだ。

「それは、転生したロゼリアの魂を探すための道標だ!」

「〈叛逆ノ女神〉ハ――」

と、〈不死者の魔王〉の真紅の眼が強く輝く。

「――〈虚無ノ女神〉ト、ナッタ。ソノ魂ハ、スデニ――」

「……だまれっ！」

――そうなのかもしれない。

ロゼリアの魂は、すでに虚無に穢(けが)されてしまったのかもしれない。

彼女の転生体を探すことは、無為なことなのかもしれない。

それでも――

「俺は、〈魔王〉として、ロゼリアに与えられた使命を果たす――！」

魔杖の柄を跳ね上げ、踏み込んだ、その時。

〈デス・ホールド〉が震動し、フロアの床が大きく傾(かし)いだ。

「……っ!?」

城砦(じょうさい)の外で、立て続けに響く爆発音。

ヴェイラが機動要塞と戦闘しているのだ。

〈不死者の魔王〉が、背後に跳んで距離を取った。

〈封罪の魔杖〉を掲げ、呪文を唱えはじめる。

「――っ、させるか！」

床を蹴って、距離を詰めるレオニス。

――が、相手の魔術が発動するほうがわずかに早い。

「来タレ、我ガ虚無ノ下僕――〈屍竜公爵(ドラゴン・デューク)〉」

（……召喚魔術か！）

レオニスはその場で足を止める。

床に出現した巨大な魔術方陣から、骨の竜が姿を現した。

ただの屍骨竜ではない――最上位の〈竜魔神〉の骨だ。

「……っ、〈屍竜公爵〉の骨、貴様が所有していたのか！」

レオニスは喉の奥で唸った。

〈竜公爵〉――アボリガズ＝デストロイアは、生前にヴェイラと〈竜王〉の座を巡って争い、殺された。レオニスはその屍を拾い、不死者の眷属としていたのだ。

グオオオオオオオオオオオオッ！

〈屍竜公爵〉が咆哮し、レオニスをひと呑みにしようとする。

「――マグナス殿！」

刹那。

ブラッカスが影の狼に戻り、レオニスを咥えて跳躍した。

「助かったぞ、ブラッカ――」

レオニスが立ち上がろうとした、瞬間。

巨大な〈屍竜公爵〉の顎門が、ブラッカスの身体を噛み砕いた。

「――ブラッカス！」

咄嗟に、レオニスはブラッカスの半身を影に放り込む。

「……っ、おのれ——」

レオニスは〈屍竜公爵〉を見上げる。

その背に立った、〈不死者の魔王〉が、〈封罪の魔杖〉を掲げ、呪文を唱える。

「第十一階梯魔術——〈超極大破滅咒〉」

破滅の極光が、〈デス・ホールド〉のフロアに満ちた。

◆

「水鏡流〈絶刀技〉——〈雷光滅斬〉！」

ほとばしる雷光が、〈ケイオス・ヴォイド〉の奔流を斬り裂いた。

刀身から放たれたプラズマ球が、〈ヴォイド〉の集合体を連鎖して焼き尽くす。

「——すごい！　咲耶の〈聖剣〉が、進化してますよ！」

レギーナが驚愕の声を上げる。

「はあああああああっ！」

白装束を翻し、〈雷切丸〉を手に、果敢に斬り込む咲耶。

その姿は鬼神の如くだ。

ふと、エルフィーネは気付く。

咲耶の身に纏う白装束が、普段のそれと違うことに。

彼女になにがあったのか――

「……っ、面妖だね。この〈ヴォイド〉、斬っても斬っても、きりがない」

眼前の〈ヴォイド〉を斬り伏せつつ、咲耶は眉をひそめた。

極彩色の混沌は巨人に戻るのではなく、腕や脚を無限に生み出しはじめている。

繰り広げられるその光景は、さながら地獄絵図だ。

(――〈ケイオス・ヴォイド〉が混乱を来している?)

先ほどのレギーナの攻撃は、核を完全に破壊することはできなかったものの、一部に損傷を与えることには成功したのだ。

「咲耶、あれをどれだけ斬ってもだめなの。核を破壊しないと」

「……核?」

「ええ、〈ケイオス・ヴォイド〉に形を与えているものよ――」

エルフィーネは咲耶に手短に説明した。

「――なるほど、ね。僕なら、できるかもしれない」

と、咲耶はすぐに彼女の意図を理解して、頷く。

咲耶の〈雷切丸〉は加速の〈聖剣〉。

最大まで加速した、彼女の神速の剣ならば――

エルフィーネがその位置を照準した瞬間に、ディンフロードを斬ることができる。

ただし、それは当然、遠距離からの攻撃に比して、リスクを伴う。

あの虚無の混沌の中に、その身を投じなければならないのだ。

「――それは心配ないよ」

と、咲耶はこともなげに首を振る。

「一撃離脱は得意なんだ」

「わかった、咲耶に任せるわ」

エルフィーネは頷いた。

……逡巡している時間はない。

〈ケイオス・ヴォイド〉が再び、あの巨人の姿に戻ろうとしている。

「レギーナ、咲耶の援護を――」

「わかりましたっ！」

「行くよ、〈雷切丸〉。姉様――」

白装束をたなびかせ、咲耶が地を蹴った。

彼女自身が稲妻となり、蠢く〈ヴォイド〉の群れを斬りまくる。

襲い来る〈ヴォイド〉の爪や牙を紙一重で躱し、一気に走り込む。

まるで、一瞬先の未来が見えているかのように――

ズオンッ、ズオンッ、ズオオオオオオオンッ！

要塞の火砲とレギーナの〈聖剣〉が、咲耶（さくや）を押し包もうとする虚無を吹き飛ばす。

「〈天眼の宝珠（アイ・オヴ・ザ・ウイッチ）〉――解析開始（アナライズ）」

エルフィーネは眼（め）を閉じて、八機の〈天眼の宝珠〉と再び感覚を同調する。

途端、膨大な量のフィードバックが頭の中に流れ込んでくる。

まるで、彼女自身が〈宝珠〉になったような感覚。

押し寄せてくる情報の洪水の中で、〈ケイオス・ヴォイド〉の核を――

ディンフロード・フィレットの意識の欠片（かけら）を見つけ出す。

（――もっと、もっと深く――……）

吐き気のするような、〈ヴォイド〉の混沌（こんとん）の奥へ、意識を潜行させる。

と、そのおぞましいうねりの中――

意識の端に、ノイズのようなものが引っかかった。

（――〈ヴォイド〉の中に、異物が？）

無論、あの怪物は異物など、大量に呑（の）み込んでいるだろう。

〈第〇四戦術都市（フォース・アサルト・ガーデン）〉の無数の瓦礫（がれき）、魔導機器、そして犠牲となった〈聖剣士〉の亡骸（なきがら）。

しかし、そのノイズには、なにか意志があるように感じられた。

まるで、誰かに遺(のこ)したメッセージのような――

それは、ほとんど直感だった。

〈天眼の宝珠〉の解析リソースを、そのノイズにすべて振り向ける。

――と、〈ヴォイド〉の混沌の中、それの形がくっきりと浮かび上がった。

それは、ひと振りの短刀だった。

まるで地図に刺したピンのように――

混沌の中を移動する、ひとつの影に突き立っていた。

（……ディンフロード！）

……イリア……――フィ……リ……アアアアアア！

影は、巨大な手へと姿を変え、エルフィーネを掴(つか)もうとする。

（――わたしは、フィリア・フィレットじゃない）

エルフィーネはその手をすり抜け、現実世界に浮上する。

『――咲耶、ここよ！』

〈天眼の宝珠〉が、〈ケイオス・ヴォイド〉の一点めがけ、閃光(せんこう)を射出した。

刹那(せつな)。穿(うが)たれたその一点へ、咲耶が一気に走り込む。

「水鏡流(みずかがみりゅう)〈絶刀技(ぜっとうぎ)〉――紫電一閃(いっせん)！」

〈雷切丸(らいきりまる)〉の刃(やいば)が、混沌の中に埋もれた、一体の〈ヴォイド〉を貫く。

■■■■■■■■■■■■■■■■■ッッッ——！

断末魔の咆哮（ほうこう）を上げ、〈ケイオス・ヴォイド〉が一気に崩壊をはじめた。

◆

——ドクン、と心臓が脈動した。

ドクン、ドクン、ドクン——と、その音が彼の世界を満たした。

（……セリ……ア、さん……？）

薄れゆく意識の中で、あの日の記憶が鮮明に甦（よみがえ）る。

あの雨の日。絶望の中にいた少年前に、彼女が現れた。

少年は、彼女を守る騎士になろうと心に決めた。

だから、〈勇者〉の星の生まれと知った時は、嬉（うれ）しかった。

——なのに。それなのに——

——守れなかった。〈勇者〉の力があったのに。

「勇者に血を分け与えた？　無駄なことを——」

冷酷な声が聞こえる。

彼女を殺した、〈魔王〉ゾール＝ヴァディスの声が。

「……よ、くも……！」

血だまりの中で、彼はゆっくりと立ち上がった。

しかし、その手には、なにもない。

小さな拳を握りしめるだけの、ただの無力な少年だ。

それでも、せめて——

「ほう——」

〈魔王〉が足を止めた。面白がるように、レオニスを見下ろして、

「その娘を守ろうとでもいうのか？」

「……——」

わかっている。立ち上がったところで、なにもできない。

ここで虫ケラのように無様に殺されるだけだ。

（……っ、だけど——）

その時、ドクン——と、また心臓が鼓動して。

レオニスの脳裏に、不思議な光景が流れ込んできた。

——それは、記憶。

見たことのない、誰かの記憶だ。

海に浮かぶ巨大な都市。

見慣れない武器を手に、おぞましい化け物と戦う、少女達。

そして、自分と同じ姿の少年——

(な、んだ……この記憶は……)

彼は知らない。

それは、リーセリアの血に刻まれた記憶の一部。

そして、彼女が与えたのは、記憶だけではない。

クリスタリアの血脈に眠る、〈聖剣士〉の因子。

本来、この時代には存在し得ない、〈女神〉の意志の力が——

リーセリアの血と共に、一〇〇〇年の時を超えて彼に継承されたのだ。

「……え?」

握りしめたレオニスの手の中で、爆発的な閃光が生まれた。

「なんだと?」

ゾール=ヴァディスが怪訝そうな声を上げた。

光は輝きを増し、レオニスの手の中で、何かを形作ろうとする。

「これは……!?」

「——レオ、君……」

と、リーセリアが静かに声を発した。

「セ、セリアさん!?　こ、これは一体――」

「落ち着いて、レオ君。それは――君の〈聖剣〉よ」

「――〈聖剣〉？」

不安そうな表情のレオニスに、そっと手を重ねると――

彼女の手が、レオニスの放つ光の粒子に包まれた。

「レオ君、イメージして。君の剣を――」

「僕の剣……？」

「そう。レオ君の思う、一番強い剣――」

「一番強い、剣……」

なにがなんだか、わからなかった。

けれど、言われるままに、レオニスは必死にイメージした。

大切な人を、リーセリアを守るための剣。

〈魔王〉を倒すための〈聖剣〉の形を。

重なる二人の手の中で、眩い閃光が爆ぜて――

「……――」

眼を開けると――

レオニスの手に、ひと振りの剣があった。

白銀に輝く両刃の剣。その刃(やいば)には、〈EXCALIBUR.XX(エクスキャリバー・ダブルイクス)〉の銘が刻まれている。

「こ――れは……」

「それが、〈聖剣〉。星が与えてくれた、レオ君だけの魂の武器」

レオニスの手を握ったまま、リーセリアは頷(うなず)く。

「使い方は、君の魂が知ってるはずよ」

「はい――」

自然と手に馴染(なじ)んだその剣の柄を、レオニスは握り込んだ。

その瞬間、白銀の刃が、眼(め)も眩(くら)むような光を放つ。

「――くだらぬ魔術だ。その娘と共に滅びるがいい！」

ゾール＝ヴァディスが嘲笑(あざわら)った。

その指先から放たれた漆黒の炎が、二人に迫る。

「レオ君！」

「おおおおおおおおおおおおお！」

光り輝く〈聖剣〉を、レオニスは振り下ろした。

ほとばしる閃光(せんこう)が、漆黒の炎を消し去り、その先にいる〈魔王〉の姿を呑(の)み込んだ。

グオオオオオオオオオオオオオッ！

響きわたる、断末魔の絶叫。

光が消えたその後には——

〈魔王〉の身に着けていた、あの髑髏の仮面だけが、地面に残っていた。

「や、やった……やりました、セリアさん！」

レオニスが快哉の声を叫び、後ろを振り向くと——

そこに、リーセリアの姿はなかった。

「……セリアさん？」

◆

彼が〈聖剣〉を顕現させた、その瞬間。

リーセリアは、自身の存在が消えてゆくのを感じた。

（これが、わたしの使命だったのね——）

レオニスに、〈聖剣〉の力を与えることが——

（けど、なんのために……？）

あのロゼリアという少女の目的は、わからない。

リーセリアがここでしたことには、一体どんな意味があるのだろう。

目の前の世界が、透き通った硝子のように薄くなる。

同時に、これまで過ごして来た時間が、まるで一瞬だったように感じられた。

消えゆく指先で、彼女の姿を探しているレオニスの頬に、そっと触れる。

「――ごめんね、レオ君。ちゃんとお別れもできないみたい」

でも、きっと――

きっとまた、君と出会えるから。

◆

斯くして、因果の極点で、彼は真の〈聖剣〉を受け取った。

しかし、それは本来、有り得なかった過去――

イレギュラーとして因果律の中に取り込まれ、修正されてしまうものだ。

あの日、レオニスと出会ったのは彼女ではなく、シャダルクだった。

〈魔王〉を撃退したのも、レオニスではなく、彼の師の〈剣王〉だ。

レオニスが、完全体となった〈魔王〉を滅ぼすのは、その三年後。

そして、〈勇者〉は人間たちに裏切られ、暗殺される。

それは、決して変えることのできない運命だ。

しかし、託された記憶だけは、残滓として残るだろう。

それは、一〇〇〇年の時を超えて、因果の中に穿(うが)たれた一本の楔(くさび)。

ロゼリア・イシュタリスが少女に託した、絶望の未来を変えるための一手——

◆

第十一階梯(かいてい)魔術——〈超極大破滅咒(メルド・マグナス)〉。

今のレオニスの魔力では、相殺(そうさい)することは不可能だ。

〈封罪の魔杖(まじょう)〉の尖端(せんたん)に生まれた破滅の光が、〈デス・ホールド〉のフロアを満たす。

(……っ、これまで、なのか——)

せめて一矢(いっし)報いようと、〈闇獄爆裂光(アルザム)〉の呪文を唱えようとした、その時。

ふと彼の脳裏に、眷属(けんぞく)の少女の顔が思い浮かんだ。

(リーセリア——?)

同時、レオニスの左手に変化が起きる。

握り込んだ拳の中から、突然、眩(まばゆ)い光が溢(あふ)れ出したのだ。

(——これは、まさか〈聖剣〉の!?)

そう、〈聖剣〉が顕現する際に発生する光の粒子だ。

「……っ!」

左腕に、焼けるような激痛が走った。
見れば、蛇のように絡みあう紋様が浮き上がり、禍々しく輝いている。
彼の〈聖剣〉を封印した、虚無の〈女神〉の呪詛だ。
まるで、〈聖剣〉が形を取りはじめるのを妨害するように――
しかし、掌に集まった光の粒子は、拳銃の形に顕現しようとしている。
それは、人間の肉体に転生したレオニスの〈聖剣〉――
(……い、や……違う……?)
なぜか、それは違うと強く感じた。
(……これ、は――俺の本当の〈聖剣〉では、ない……?)
気付いた瞬間。脳裏に、ある記憶が甦った。
一〇〇〇年前の、彼がまだ〈魔王〉になる以前の記憶が――
――なぜ、忘れていたのだろう。
あの雨の日に出会った、白銀の髪の少女。
遙か過去に、彼女が与えてくれた、〈聖剣〉のことを――
掌に集まった光が、強烈な閃光を放った。
ピキッ――ピキピキピキッ――
光の爆発に耐えきれず、鎖が弾け飛ぶように、左腕に刻まれた呪詛が消滅する。

（そうか、俺の〈聖剣〉のイメージは、彼女のくれたものだった――）

なぜ、レオニスに顕現した〈聖剣〉が、一〇〇〇年前の世界には存在しなかった、拳銃の形をしていたのか、その理由がわかった。

封印から目覚めて、最初に見た武器が、彼女の持つ拳銃だったのだ。

レオニスを守る為に取り出した、〈聖剣学院〉の支給品。

まだ〈聖剣〉を発現していない、準騎士のための量産武器。

（俺は無意識のうちに、彼女のイメージを具現化していたのだな――）

だが、それは。レオニスのイメージする、最強の武器ではない。

レオニスは、閃光を放つ手を前に突き出した。

眼を閉じる。そして、記憶の中にある、あの剣の姿を思い出す。

あの日、彼女の与えてくれた、〈聖剣〉の形を――

眼を開けた時。レオニスの手に、ひと振りの剣が握られていた。

その刃に〈EXCALIBUR.XX〉と銘の刻まれた、約束の剣が。

「行くぞ、〈不死者の魔王〉――」

レオニスは〈聖剣〉を構え、地を蹴った。

同時、〈不死者の魔王〉が、最強の破壊魔術を解き放つ。

「おおおおおおおおおおっ！」

そして――

レオニスの振り下ろした、〈聖剣〉の光刃が――

破壊魔術の光を消し飛ばし、〈不死者の魔王〉を呑み込んだ。

あとがき

志瑞です。お待たせしました。『聖剣学院の魔剣使い』新刊をお届けいたします。〈第〇四戦術都市〉と〈次元城〉でのバトルに加え、レオニスと関係の深いあのヒロインが遂に復活。更に、リーセリアも一〇〇〇年前の世界に行ってしまったりと、イベント盛り沢山な巻になりました。楽しんでいただければ幸いです！

謝辞です。毎巻、素晴らしいイラストを描いてくださっている、遠坂あさぎ先生。今回も本当にありがとうございました。ロゼリアとリーセリアの表紙は、とりわけ、ため息が零れるほど美しいです！

毎号、超カッコイイ&キュート可愛い漫画を描いてくださっている、蛍幻飛鳥先生。いつもありがとうございます。漫画版のほうは現在、原作5巻の物語に突入して、ヴェイラとリーセリアの水着バトルがとても楽しく描かれています。

そして、なんといっても、最大の感謝は読者の皆さまへ。

アニメの情報もどんどん発表されていきますので、どうぞお楽しみに。『聖剣学院の魔剣使い』公式Twitterなどもチェックしてみてください。

それでは、また近いうちに、14巻でお会いしましょう！

二〇二三年六月　志瑞祐

MF文庫J

聖剣学院の魔剣使い13

2023年7月25日　初版発行

著者　志瑞祐

発行者　山下直久

発行　株式会社 KADOKAWA
〒102-8177 東京都千代田区富士見2-13-3
0570-002-301（ナビダイヤル）

印刷　株式会社広済堂ネクスト

製本　株式会社広済堂ネクスト

Printed in Japan　ISBN 978-4-04-682661-9 C0193

◇◇◇

【 ファンレター、作品のご感想をお待ちしています 】
〒102-0071 東京都千代田区富士見2-13-12
株式会社KADOKAWA　MF文庫J編集部気付「志瑞祐先生」係「遠坂あさぎ先生」係